新潮文庫

校庭に、虹は落ちる

赤川次郎著

新潮社版

7474

目次

校庭に、虹は落ちる

プロローグ

「もうよそうよ、ねえ」

と、一人の少女が言った。

「どうして？　大丈夫だよ！　走って！　ほら！」

と、もう一人がかけ声をかける。

「だって――もう間に合わないよ」

「間に合うって！　急ごう！」

二人は、再び走り出した。

正しくは、一人が走り、もう一人は、見えないロープで引張られてでもいるかのように、ヨタヨタと駆け出したのだった。

二人の手にした学生鞄《かばん》がガタガタと音をたてて揺れる。――スカートを翻《ひるがえ》し、二人の女子学生は走った。

角を曲ると、校門が見えた。

「ほら！　間に合ったじゃない」

「でも――もう疲れた」

と、一人は走るのをやめた。「もういいよ、私」

「じゃ、私一人で行くよ！」

「うん、行って……」

馬鹿《ばか》らしい。――どうせ間に合わないんだったら、もっとゆっくり来るんだった。

走るのをやめた少女は、息を切らし、汗がふき出すのを感じながら、軽やかに駆けていく、もう一人の背中を見送っていた。

「頑張れ、頑張れ……」

と、口の中で声援する。

届くわけもなかったが。

そして、遅れた少女は、校門へやって来た……。

まずい日だった。

教師は舌打ちしていた。

何も、よりによって、今日でなくてもいいのに……。

その教師は、その日が何の日か、よく知っていた。

いや、学校にとって大切な日だということも分っている。文部大臣が――大臣だ！

――やって来る。

「くれぐれも失礼のないように」

と、県の教育委員会から、厳しく言われていたし、各教師は校長から、少なくとも十回は注意を受けていた。

しかも、前日には文部省のお偉方が、じかに念を押して来た。

「くれぐれも、大臣のお話のとき、おしゃべりなどないように」

――無理な話である。

いつもの子供たちの状態を知っている者なら、誰だって分るはずだ。

しかも今日は月曜日で、昨日の日曜日、中学生くらいの男の子たちにとって最大の関心事の一つである――少なくとも、文部大臣が来て話をするなんてことより、ずっと重大なことだ――新しいテレビゲームの発売日だった。

おそらく、少なからぬ男の子たちが昨日の朝早くから、ゲームショップ前に行列を作り、何時間も待って、憧《あこが》れのゲームソフトを手にしていたはずである。

今朝、月曜日の第一の話題はそのゲームのことに違いないと、その教師はよく分っていた。

その不安は、朝のホームルームで早くも現実になった。――隣の子、前後の子、ともかく方々で三、四人ずつがひっきりなしにおしゃべりして、いくら注意しても止《や》まない。

「大臣のお話のときだけは、しゃべるな！」

と、くり返し言った。「俺の生活がかかってるんだ！　クビになったら、お前たちに養ってもらうぞ」

と、冗談めかしても言った。

そして、十一時。――文部大臣は予定を三十分も遅れて学校へ着いた。十時から講堂に入れられていた生徒たちは、いい加減退屈し切っていたのだ。

しかも、大臣の話というのが、教育と何の関係もない、自分の俳句の碑が建ったという自慢話、次の知事選挙に向けての党の宣伝……。

壇上で聞いていた校長や教頭の表情も苦虫をかみつぶしたようになっていた。

大臣の話が始まって十五分ほどたつと、次第にざわつき始めた。

必死で生徒たちの方をにらむが、どうにもならない。

ともかく、早く大臣の話が終ってほしいと祈るような思いだった。

その時——一人の生徒が、講堂中に響きわたるような、甲高《かんだか》い笑い声をたてたのである。

「誰だ！」

大臣が、ムッとしたように講堂の中を見回した。「私が話しているときに笑うとは何だ！」

——その教師には分っていた。

自分のクラスなのだ。そして誰が笑ったのかも見当がついていた。

「今、笑った者、立ちなさい！」

大臣がそう怒鳴ると、さすがに場内は静かになった。しかし、大臣はそれで引込まなかった。

「立てと言っとるんだ！」

むきになっている。——校長も真青になっていた。

その教師は、他の教師たちの冷たい視線が自分へ向けられているのを感じていた。分っているのだ。

お前のクラスだろ。何とかしろよ。

どの目もそう言っていた。同情などしてくれない。中には明らかに面白がっている目もあった。

何とかしなければ――。だが……。

数歩、進み出ると、思い切り大きな声で、

「畑山！」

と怒鳴った。「立て！」

その生徒は、何が起ったのかよく分らないように、左右をキョロキョロと見て、それからソロソロと立ち上った。

「こっちへ来い」

と、教師は言った。「大臣へお詫《わ》びしろ」

その生徒は、ヒョロリと長い足で通路へ出てくると、

「――何ですか」

と言った。

「今、声を上げて笑ったろう。謝れ！」

「僕、笑いません」

と、無表情に答える。

「嘘《うそ》をつくな！　分ってるんだ！」

「僕じゃありません」

と、畑山という生徒はくり返した。

「素直に謝ったらどうなんだ。お前だってことは分ってる」

「僕じゃありません」

と、畑山はくり返す。

教師の額に汗が光っていた。畑山はあくまで冷静である。

講堂の真中で、教師は立ち往生していた。生徒の方は悪《わる》びれず、堂々として、教師を真直《まつす》ぐに見返している。

「先生の間違いです」

と、畑山は言った。「僕は笑ってません」

教師は追いつめられていた。いくら同じやりとりをくり返したところで、相手は屈服しない。

だが、俺は教師だ。教師の方が間違ってるなんてことがあってはいけないんだ！　教師はいつも正しいんだ。

教師は、壇上の大臣に背を向けて立っていたが、焼きつくような視線を背中に感じていた。

道はなかった。

「席に戻っていいですか」

その畑山の言葉が引き金になった。

「何だ！　その態度は！」

平手が、畑山の顔に飛んで、パシッと音をたてた。

こんなに力を入れて、本気で生徒を殴ったのは、初めてのことだった。――一気に頭に血が上った。

「謝れ！　――謝れ！」

平手で、激しく打ち続ける。

畑山が両手で顔をかばうように覆《おお》った。

「ちゃんと俺を見ろ！　下を向くな！」

顔を上げると、畑山の口の周りは血で汚れていた。鼻血が出ていたのだ。

教師は自分の手にも血がついているのに気付いてギョッとした。

「——もういい」

と言ったのは、壇上の大臣だった。「席に戻らせたまえ」

教師は、ただ突っ立っていた。畑山が自分で席に戻って行く。

隣の席の生徒が、心配そうに声をかけ、後ろの列の女の子がハンカチを畑山へ手渡す。

そのハンカチの白さが、自分を責めているかのように、教師には思えたのだった……。

1　五月の子

「さつき」

と、母が呼んだ。「――さつき？　いないの？」

窓辺に、さつきは立っていた。

「あら、似合うじゃない」

母、朝野峰子が言うと、

「そうかな」

と、さつきは自分の着ている新しい制服を見下ろしている。「少し大きいかしら？」

「すぐ小さくなるわよ」

朝野峰子は、カーテンを開けた。「少し――気分が悪い？」

「そんなことない」

と、さつきは首を振って、「もう行った方がいい？」

「そうね。少し早いけど、初めてですものね」

「じゃ、行くわ」

——真新しいブレザーとチェック柄のスカート。

さつきは姿見《すがたみ》の前に立って、ちょっと自分の姿に見入った。

「可愛《かわい》いわよ」

と、峰子が娘の肩を抱く。「さ、もう行って」

「うん……」

さつきは鞄《かばん》を手にすると、自分の部屋を出た。

玄関を出るさつきを見送って、朝野峰子は少し間を置いてからそっとドアを開ける。

さつきが、ちょうどやって来たバスに乗るところだった。

「——良かったわ」

と呟《つぶや》くと、峰子は居間へ戻り、電話をかけた。「もしもし？　——あ、朝野峰子です」

「おはよう。今朝からだね」

「はい。今しがた出て行きました」

「バスを乗り違えなかったか？」

「見ていました。正しい方向のバスに乗って行きましたわ。あれ一本で、乗りかえもありませんから」

「そうか、ご苦労さん」

と、男の声が言った。「夜、また電話してくれ」

「分りました。——あの、ちょっと……」

切られそうになって、峰子はあわてて言った。

「何か用かね？」

「あの——度々で申しわけないんですけど、今月は新しい制服をこしらえたりして、大分かかっていまして……」

「分った。早めに振込むようにしておくよ」

「よろしくお願いします」

峰子は受話器を戻すと、ホッと息をついた。

道は行き止りになっていた。

さつきは戸惑って足を止めた。――確かこっちでいいと思ったのに。

そこは小さな公園で、今は人影がない。

さつきは乗る人もないのに、ゆっくりと揺れているブランコを見ていたが、やがて鞄をベンチの上に置くと、ブランコに腰をかけ、小さく揺らし始めた。

別に大きく振ろうとも思わない様子で、ブランコが勝手に揺れるのに任せている、といった具合である。

見上げると、空はよく晴れ上って高い。

でも、さつきにとって、そんなことはどうでも良かった。どんなに空が晴れ上っても、さつきは戻って来ないのだ。

元のさつき、昔のさつきは。

一度遠くへ行ってしまったものは、帰って来ない。さつきも、「遠くへ行ってしまった」。だから、もう決して元には戻らない……。

「――何してるんだ？」

男の声に、さつきはびっくりして振り向いた。

公園のベンチに寝ていたので、気付かなかったようだ。

くたびれた作業服を着た、髪の大分なくなった男だった。

「ブランコにのってるの」

と、さつきは言った。

「そんなこたあ、見りゃ分るけどな」

男はゆっくりと立ち上って、「学校をサボって、こんな所で時間つぶしか」

「学校へ行くつもりだったけど、道に迷っちゃったの」

「変な奴《やつ》だな」

「うん。ちょっと変なの」

「大分変だぜ」

と、男は笑って、「ブランコを押してやろうか」

「こうやってる方がいいの」

「遠慮するな。——つかまってろ」

男はさつきの後ろに回ると、背中を押した。

「重いな」

「失礼ね」

——初めはうまく振れなかったが、二度三度と押す内に、リズムにのって揺れは大きくなって来た。

「どうだ。こうでなきゃ面白くないだろう」

「気持いい。──でも、これ以上大きく揺れると怖いから」

「なに、しっかりつかまってりゃ大丈夫だ。──そら！」

さつきの耳もとで風が鳴った。大きく振り上がると、視界一杯に空が広がった。スカートがフワリとはためくと、白い足がむき出しになってつややかに光った。

「──疲れた！」

男が息を弾ませて、「いい運動だ」

「どうもありがとう」

振れて戻って来たさつきを、男の両手が後ろから抱き止める。

「いくつだ？　可愛い子だな」

男の荒い息づかいが、さつきの首筋に熱くかかった。「おじさんと運動しないか？かまわないだろ？」

男の手がブレザーの上からさつきの胸をつかみ、さつきがじっとしていると、スカートの方へと下りて来た。

「──十六」

「何だって？」

「十六よ、私。たぶん」

「そうか」

男は笑った。「ちょっととろいんだな、お前。だけどいい体だ」

男の手がブレザーの中へ潜り込む。さつきはすくんだように体を固くしてじっとしていた。

「――何してんだよ!」

公園の入口に、男の子が立っていた。高校生だろう、ヒョロリと背が高く、ブレザーにネクタイをしていたが、何だか寸足らずだった。

「引っ込んでろ!」

と、男はいまいましげに怒鳴った。「子供は口出しするな!」

「悪いけどな、うちの高校の子だ。放っとけるか」

少年がポケットからナイフを取り出した。白い刃が光った。

「よせ! ――危いじゃねえか! 分ったよ!」

男はさつきから両手を離し、二、三歩後ずさった。

「放っときゃ、またどこかでやるだろ」

少年が、手にしていた学生鞄を投げ出すと、ナイフをかまえて男の方へ突っ込んで行った。

「やめろ！　人殺し！」

男はあわてて駆け出すと、公園から飛び出して行った。

「——転びそうだったな、あいつ」

と、少年は笑って言った。「——お前、その制服、M学園だろ」

「うん」

「何年だ？　見たことないな」

少年が、ナイフの刃先で自分の指をつついた。

「けがするよ」

と、さつきは怯《おび》えたように目をそらした。

「血が出るの、嫌いなの！」

「血なんか出ないよ。——ほら」

ナイフの刃を指ではじくと、プルプルと震えた。「ゴムなんだ。本物に見えるだろ」

「——何だ」

さつきがホッとしたように微笑《ほほえ》む。

「こんな所で何してんだ？」

「道に迷ったの」

「迷った？」

「今日、初めてなの」

「ああ。——編入して来たのか」

「バス降りて、この道を真直《まっす》ぐって言われたと思ったんだけど……」

「お前、バス停を間違って、一つ早く降りたんだ」

「そうか……。あなたも？」

「俺？　俺はわざと早く降りたんだ」

「じゃ、一緒ね」

「一緒じゃない。俺は分ってて降りた」

「でも、ここにいるわ」

「そりゃそうだな」

と笑って、「俺は畑山啓介っていうんだ。一年生か？」

「うん。——朝野さつき」

「さつきか」

「五月に生れたから、さつきだって。でも、生れたときのことは憶《おぼ》えてないから、本当に五月かどうか、自分じゃ知らないの」

「変な奴だな」

「うん。少し変なの」

と、さつきは肯《うなず》いた。「普通は変じゃないよ。でも、学校のことは憶えてられないの」

「へえ……」

畑山はさつきを眺めて、「それもいいな。学校で起ったことだけ、きれいに忘れられたら、楽しいや」

さつきは立ち上って、

「私、学校に行かなきゃ。お母さんが心配するから」

と、学生鞄をつかむ。「じゃ、どうもありがとう」

ピョコンとおじぎをして、足早に公園を出て行く。

畑山はポカンとして見送っていたが、

「——おい、待てよ!」

と、大声で呼んで、あわてて駆けて行った。

そして、さつきに追いつくと、

「さっきの変な奴が、まだその辺にいるかもしれないぞ。それに、また道に迷うかもな」

「送ってくれる？」

「ああ。仕方ない。今日はサボろうと思ってたけど、行くよ。――でも、遅刻だぜ」

さつきの顔が、「遅刻」と聞いて、引きつるように歪《ゆが》んだ。

「――どうしたんだ？」

足を止めてしまったさつきを振り返って畑山が訊《き》く。

「遅刻したくないの。休んだ方がいい。遅刻なんて、人間のクズのすることなんだって……」

「たかが遅刻でクズはないだろ。じゃ、M学園はさしずめクズかごだな」

と、畑山は笑って、「大丈夫。お前、今日が初めてなんだろ？　叱《しか》られやしないよ」

畑山に促されて歩き出したものの、さつきの、どこか思いつめたような表情は、変らなかった……。

「畑山」

校門を入ったところで、ツイードの上着を着た男の教師が駆けて来た。

「先生。おはよう」

「十時だぞ。——その子は？」

「新入りだよ。迷子になってたから、案内して来た」

「君は、もしかして——朝野さつき君か？」

「はい、そうです」

「良かった！　先生方が心配してる。捜索願でも出すか、って言ってたところだ」

「あれ、俺とずいぶん扱いが違うじゃない」

と、畑山が文句を言った。「朝野さつき君だって。俺のことは呼び捨てなのに」

「当り前だ。女の子だぞ」

と、教師は苦笑して、「僕は中本雄一、ついて来なさい。職員室へ案内する」

「はい」

さつきが、その中本という先生について行くと、畑山が、

「今日はその子を連れて来たんだ。遅刻扱いにしないだろ？」

と、声をかけた。

「考えとく」

中本はそう言って、「せっかく来たんだ。練習に出ろよ」

と、やり返した。

廊下を歩きながら、

「畑山君って、何をやってるんですか？」

と、さつきは中本へ訊いた。

「あいつか。僕が顧問をしてる陸上部に入ってるんだ」

「陸上って——マラソンとか？」

「短距離を走らせると、ちょっとやそっとじゃ誰もあいつに勝てない。いい素質を持ってると思うが、本人にやる気がない」

「走るのが速いんですね」

「君はどうだ？」

中本がニヤリと笑って言った。

「私——二度と走りません」

と、さつきは言った。

職員室のドアを開けると、中本は、

「市橋先生！」

と、大声で言った。「お待ちかねの子の到着だよ」

受話器をつかんでいた手を離し、女性が立ち上った。

「まあ！　――朝野さん？」

「朝野さつきです」

「良かった！　今、一一〇番しようかと思ってたところよ」

若々しく、ボーイッシュな感じのその女性教師は、さつきと握手して、「市橋涼子。あなたの担任よ」

「はい」

「どうして遅くなったの？」

「バス停、一つ前で降りたみたいで」

「まあ、そうなの！　ともかくホッとした」

「畑山が見付けて連れて来た」

と、中本が言った。

「あら。それじゃ、畑山君も来てるの？」

「あのまま帰っていなきゃね」

「じゃ、早いとこ捕まえなきゃ」

市橋涼子は、さつきの肩を軽く抱いて、「さあ、来て。次の授業は私が担任の

〈1・B〉だから、ちょうどいいわ。みんなに紹介してあげる。緊張しなくていいのよ」

「あの子――畑山君も？」

「同じクラスよ。といっても、うちは一年生がA、B二組しかないけど」

廊下でチャイムが鳴り渡った。

「――さ、行きましょう。教科書は届いてる？」

「はい」

「待ってね」

市橋涼子が、自分の机の上の本をつかむと、さつきを促して職員室を出る。

「さっき、お宅へも電話したけど、お母様、お留守のようで」

と、市橋涼子が言った。「でも、もしおられたら、ひどく心配されたでしょうから、ちょうど良かったわ」

「心配……ですか」

「ええ、もちろんそうよ」

「たぶん……母は私のこと、心配してないと思います」

淡々とした言い方は、どこかハッとさせるものを持っていた。

それでいて、本人がそのことに気付いていない……。

〈1・B〉の札のかかった教室。

市橋涼子が戸をガラッと開けると、頭の上から黒板消しが落ちて来て、白墨《はくぼく》の粉が市橋涼子を白髪にしてしまった。

「先生！　早すぎるよ！」

と、声が飛んだ。「誰か生徒が入ってくると思って……」

「美容院代、払うのよ！」

と、市橋涼子が真赤になって怒っている。

怒鳴る度に白い粉が舞い上った。

見ている内に、さつきが笑い出した。

声を上げて、いかにも楽しげに笑ったのである。

クラスの子たちは、見たことのない女の子が一人で笑っているのを、呆《あき》れて眺めていたのだった……。

2　体操着

お昼休みになると、ここ職員室にも、同時に何種類もの「着メロ」が鳴り響く。

「ああ、もしもし」

「あ、私。――うん、もうお昼休みよ」

「今夜は遅いって言っといたじゃないか。――いや、違うよ……」

一斉にあちこちでケータイを手に先生たちがしゃべり始める。

「全く、もう……」

高齢の先生は苦々しい顔で呟《つぶや》く。

生徒たちには「ケータイを持ってくることを禁じている」のに、先生たちが休み時間、ケータイで恋人としゃべっていたりするのはまずいではないか、というのが、こういうベテラン教師の主張である。

それなりに筋の通った意見だと当人は自負しているが、職員会議に出したら、

「子供を保育園に預けてる親にとって、何か緊急のときに連絡がとれるケータイは絶対に必要です！」

「教師にも私生活があります。生徒だって、休み時間に公衆電話はかけられるじゃありませんか」

「彼氏と連絡が取れないせいで、この恋が壊れたら、どうしてくれるんですか！」

――というわけで、総攻撃を食らってしまったのである。

その内、同年代の教師でも、

「女房が心臓を悪くしてるんで、万一発作でも起きたらすぐかけて来い、と言ってあるんだ。授業中も、電源を切るわけにいかない」

といった人も出て来て、それはそれ、反対するわけにもいかず、結局、「原則として職員室の中で、休み時間のみ」ケータイを使っていいことになった。

おかげで今は昼休みになって五、六分たつと、職員室の中は「着メロ」の大合奏というわけだ。

生徒たちも、鞄《かばん》の中にケータイを忍ばせている子が半分はいると思われた。実際、下校時、校門を出たとたんに鞄からケータイを取り出してかけ始める子が珍しくない。

「――市橋先生もですか」

と、年輩の教師に言われた市橋涼子は、

「せめて音がしないように、それに、おしゃべりがお邪魔だといけないのでメールのやりとりにしています」

と、手もとのケータイを見ながら言った。

「あ、先生、恋人から？」

と、やって来たのは、ふっくらとした穏やかな印象の子。

「名取さん、どうしたの？」

と、市橋涼子はケータイを切って、自分の担任する1年B組の名取弥生《やよい》を見た。

「先生、今日来た編入生ですけど――」

「朝野さつきさんがどうかした？」

「お弁当、持って来てないみたいなんです」

「あら」

涼子は当惑した。「当然、午後まで授業があるって分ってるはずだけど……。あなた、パンでも買って来てあげてくれる？」

「私のお弁当、半分あげようかと思うんだけど、いいですか？」

「それはいいけど……。名取さん、お腹空《なかす》かないの？」

「ダイエットしたいのに、うちの母親、『今はしっかり骨を太くするときよ！』って言って、お弁当箱、おじさん用の大きいのにびっしり詰めちゃうんですよ」

涼子は笑って、

「それはお母さんが正しいと思うわよ。でも、気を付けてくれてありがとう」

「いいえ」

正直、名取弥生は勉強が良くできる方ではない。運動も苦手である。

しかし、誰とでも仲良くなれる、その独特のキャラクターは、クラスの雰囲気そのものを暖かいものにしていた。

クラスの子たちも気付いていないかもしれないが、市橋涼子は担任として、この名取弥生の存在がクラスにとってどんなに大きいものか、見てとっていた。

「でも、先生」

と、弥生が、隣の空いた椅子《いす》を引いて来て、「失礼します」

と座ると、

「あの子、何かあったんですか？　少しおかしいでしょ？」

「そうなの。私もね、よく理解できてないから、みんなに何も言わないで様子をみようと思ったのよ」

「少しボーッとしてるけど、頭は悪くないし……」

午前中の涼子の受け持った英語の授業でも、朝野さつきは、ぼんやりしているようで、それでいて指されれば正しく答えていた。

「何があったのか、私も詳しくは聞いてないの」

と、涼子は言った。「でも、中学生のとき、何かあったのよ。それは確か。――学校へ行けなくなり、行っても、学校であったことは全部忘れてしまう……。学校というものに、心を閉ざしてるのね」

「私なんか、心、開けっ放しだけど、やっぱり全部忘れちゃう」

と、弥生が言った。「閉め忘れてるだけかな」

「それより――午後、体育の授業、あったわね」

「先生も参加でしょ？」

「ええ。――朝野さん、体操着がないわよね、当然」

涼子は立ち上ると、「売店で体操着が手に入るかどうか、訊《き》いておくわ。じゃ、弥生さん、あの子のこと、お願いね」

涼子が名で呼ぶと、名取弥生は嬉《うれ》しそうに、

「はい！」

と、返事をした。

さつきは窓ぎわの席だった。

二階の教室からは、校庭がよく見渡せた。

九月の末。——まだ晴れると「暑い」と感じる。

昼休みだというのに、トラックを走っている子が何人かいて、その子たちの顔に光る汗、濡《ぬ》れて背中に貼《は》りつくランニングウェアもはっきりと見えた。

走って。——走って。

走ろうよ、さつき。

いやだ！　——いやだ！　二度と走るもんか！

「走る」と考えただけで、さつきの中には激しくそれを拒む声が飛び交うのだった。

——走ったことはない。あれ以来。どんなに急いでいても。

生きてる方がいいから。

そうじゃない？　いくら走ったって、死んじゃったら何にもならない。

生きていなきゃ。——生きていなきゃ。

「オス。いい？」

目の前に座ったのは、おっとりした感じの女の子で、「お昼、食べないの？」

「お弁当、持って来なかったの」

と、さつきは言った。

「じゃ、私のを半分食べて」

「いいわよ。そんなの悪いもん」

「多くて閉口してるの。だから。——ね？」

「うん……」

さつきは、相手のペースにのせられてしまう感じで、フォークを借りて、そのお弁当をつつき始めた。

「——私、名取弥生よ」

「朝野さつき……」

「うん。五月生れで『さつき』？　私、『弥生』だから三月生れだと思うでしょ。実は全然関係ない七月生れなの」

と、弥生は言った。「うちのお父さんがね、どうしてだか、『弥生』を七月のことだって信じてたの。で、私が生れたとき、お祝いに来た人、みんなに向って、『この子は七月に生れたから、〈弥生〉って名にするんだ！』って。——あんまり得意げに言ったんで、誰も間違いだって言い出せなくて、それで『弥生』のままってわけ」

それを聞いて、さつきは笑った。

「――さつきって呼んでいい？」

「もちろんよ」

「よろしくね」

弥生の差し出した手を、さつきはしっかりと握った。


「――何か買物？」

売店を出たところで、市橋涼子は中本と出会った。

「今日編入して来た子の体操着を」

と、涼子は言った。

「ああ、何とかさつき……」

「朝野さつきですよ」

「そうだった。――今日からリレーの練習？」

「そうです。畑山君は一応ちゃんと出席してましたよ。少なくとも、午前中は」

「そうか。じゃ、捕まえとこう」

と、中本は言って、「逃げ足が速いからな、何しろ」

と笑った。

二人は職員室へと歩いて行ったが、足どりは少しずつ遅くなっていた。

廊下は静かで、昼休みだというのに、生徒たちはどこへ行ってしまったかと思うほどだった。

「――どうして、メールに返事をくれないの」

と、涼子が少し責めるような口調で言った。

「僕は君ほど器用じゃないんだ。メール一本、打つのもひと苦労なんだよ」

「指一本で打ったって、簡単な文面なら大してかからないわ」

涼子はそう言い返して、「――言いたくないのに。ごめんなさい」

と、目を伏せた。

「いや、分ってる。つい、怖くて……。うちじゃ、一人になれる場所がない。こそこそ隠れてメールなんか送ってたら、女房に怪しまれそうだし……」

「いいの。無理は言わないつもりなのにね」

「無理をさせてるのは、僕の方だ」

二人は足を止めた。

〈応接室〉の前だった。涼子は前後を素早く見て、ドアを開けた。

「――大丈夫」

中本が続いて入ると、ドアを閉める。

薄暗い応接室の中で、涼子の小柄な体は中本の厚い胸に抱かれた。激しく唇を押し付け合う。

「――今日は無理？」

と、荒く息をしながら涼子が訊いた。

「地区の〈高校対抗陸上〉の会合がある」

中本は、涼子の細い腰を両手でつかんだ。「三時からだ。五時には出られるだろう」

「遅くなっても大丈夫？」

「終ってから誰かと飲んだことにするさ。女房は、体育の教師に知り合いはない」

「じゃ、待っていい？」

「車は？」

「あるわ」

「公園の脇《わき》で」

「ええ」

「何かあったらケータイにかける」

「電源切っちゃうわ。言いわけは受け付けない」

そう言って、涼子は両手で中本の顔を挟むと、もう一度キスした。「――口紅も香水もつけてないわ」

「涼子……」

中本の腕が涼子の体を抱きしめ、しならせた。

「誰か来たら……」

涼子はそう呟きながら、自分でもすがりつくように中本を抱きしめた。

やがて中本は息を弾ませながら、涼子と離れた。

「出よう」

「ええ」

「先に出ようか。君は少し待って――」

「平気よ。却《かえ》っておかしいわ。普通にしていれば誰も怪しまないわよ」

涼子はちょっと髪に手をやって直し、ドアを開け、廊下へ出た。

「――あ、先生」

名取弥生が、朝野さつきとやって来たところだった。

「朝野さん。ちょうど良かったわ。今、売店の人があなたの体操着を揃《そろ》えておいてくれてるわ。受け取って来て。弥生さん、売店に案内してあげて」

「はい、先生」

弥生は、さつきを促して、「こっちよ。さあ」

——二人の後ろ姿を見送って、

「ね？　大丈夫よ」

と、涼子は言った。「中本先生、それじゃここで」

「ああ……」
二、三歩行って、涼子は振り返ると、
「待ってるわ」

と言った。

そして、そのまま職員室へと戻って行った……。

3　過去との出会い

グラウンドに、さつきはおずおずと現われた。

弥生が見付けて駆け寄ると、

「どう？　靴は合ってる？」

と訊《き》いた。

「うん……。大丈夫」

さつきは、何とも心細げにグラウンドの中央、生徒たちが集まっている方へと、弥生に肩を抱かれて歩いて行った。

「――さつきって、足長くてカッコいいね」

と、弥生はしみじみと見比べて、「私は倍くらいある、太さ」

「そんなこと……」

と、さつきは口の中で呟《つぶや》く。

「先生だ」

女子生徒たちが、冷やかし混りの拍手をおくる。

担任の市橋涼子が、やはりスポーツウェアでやって来たのである。

「先生！　もっと急いで！」

「先生、ラストだよ！」

と、生徒たちが口々に叫ぶと、涼子はバタバタと駆け出して、とたんに足がもつれて転んでしまった。生徒たちがドッとわく。

「先生がリレーに出なくて助かるよね」

と、もっともな発言もあった。

「――もう、急がせるから！」

と、涼子が苦笑しながらやってくる。

「中本先生は？」

「畑山君と一緒に走ってる」

という言葉に、さつきもグラウンドを見た。

中本が、あの畑山啓介と一緒にグラウンドを一周するところだった。

「中本先生！」

と、涼子が大声で言った。「揃《そろ》いましたよ！」

中本が手を上げて見せる。そして、軽く流していた走りから、一気にスピードを上げて、前に出た。

畑山の方は別に追いかけるでもなく、同じペースで、ちょうど一周すると、軽く息を弾ませて、みんなの所へ戻った。

「――今年も十月の体育祭が近付いて来た」

と、中本が両手を腰に当てて、演説口調で始めたが、全力で走ったせいで息が切れ、

「ちょっと待て……」

と、何度か深呼吸した。

「無理するから」

「もう年齢《とし》だよ！」

といった声が飛ぶ。

「放っとけ」

と、中本は言い返して、「クラス対抗リレーの練習だ。――中学から上って来た者はよく分っていると思うが、今年からM学園に来た者のために説明しておく」

中本の額に汗が光っている。

汗が止らない様子だ。――ぼんやりと立っていたさつきは、中本の顔色を見て、

「具合悪そう」

と言った。

隣にいた弥生が、

「え？」

「あの先生。――顔色が悪い」

「走ったからでしょ」

「水、飲んだ方がいいよ」

さつきがそう言うのとほとんど同時に、中本が辛《つら》そうに手を額に当て、言葉を切った。

「――先生、大丈夫？」

と、前の方の生徒が言った。「青い顔してるよ」

「ああ……。何ともない。大丈夫だ」

中本が頭を強く振って、「――クラス対抗リレーは、体育祭のハイライトの一つだ。他の種目の得点に、よほど差がつかない限り、リレーで勝ったクラスが一等に――」

声のトーンがおかしくなると、中本は突然尻《しり》もちをついた。

一瞬、誰もがポカンとしていた。――笑い声さえ上った。

それほど、それは唐突な出来事だったのだ。

中本が、まるで水中に潜ってでもいるように両手を振り回すと、バタッと仰向《あおむ》けに倒れてしまった。

駆け寄ったのは市橋涼子だった。

「中本先生！――どうしたんですか！」

生徒たちが一斉に騒ぎ出した。

「――みんなで中へ運べ！」

と畑山が怒鳴った。「市橋先生、救急車を呼んで！」

男子生徒たちが、中本の体を抱え上げ、校舎の方へと運んで行く。

「どうしよう……。しっかりして！」

市橋涼子はオロオロしながらそれについて行った。

「先生、保健室に運びますから」

と、畑山が市橋涼子へ言った。「救急車呼んだ方がいいんじゃないですか」

「あ――そうね。お願いね、畑山君。この人のこと。すぐ――今、すぐ救急車を
――」

混乱した様子で、涼子はそう言うと、校舎に向って駆け出した。

女子生徒たちは、取り残されて、ただ突っ立っていたが——。

「——とんでもない初授業ね」

と、弥生がさつきの肩に手をかけて、「中本先生、忙しそうだから、ここんとこ」

「早く病院に……」

「うん、大丈夫よ。市橋先生がついてる」

弥生はそう言ってから、「——でも市橋先生、凄《すご》かったね。焦《あせ》っちゃって」

他の子の間でも、

「普通じゃなかったね、今の」

「市橋先生まで倒れるかと思った」

といった話が出ていた。

さつきは、弥生の方へ、

「ちょっと教室へ行ってくる」

と言った。「すぐ戻るから」

「うん。当分何もないよ」

さつきは、少し速い足どりで校舎へ戻って行った。

「――救急車は？　呼んでくれた？」

廊下に入ると、市橋涼子の声がした。

「すぐ来るそうです」

「どうして保健室に鍵《かぎ》がかかってるの？　先生はどこに行ったの？」

「今日は午後外出で――」

「生徒がけがでもしたらどうするの！」

涼子は、ほとんど叫ぶように言って、「――ともかく、応接室のソファに寝かせてあるから、救急車が来たら、すぐ――」

「はい。案内します」

「表で待ってて！　救急車が来たら、案内しなきゃ分らないでしょ」

事務室の女性が、あわてて駆けて行く。

――さつきは、少し離れてその様子を見ていた。

「市橋先生」

畑山が廊下へ出て来た。

「どう？　中本先生、意識は？」

「よく分らないけど、貧血っぽいです。目をつぶったままで」

と、畑山は言った。「あの——授業、どうしますか？」

言われて涼子がハッとしたように、

「そうだった……。放って来ちゃったわね。私……」

涼子が口ごもる。

畑山が、

「僕、適当にランニングでもさせときましょうか」

と言うと、涼子はホッとしたように、

「そうしてくれる？　私、救急車が来たら、説明しなきゃならないから」

「いいですよ。じゃ、グラウンドに戻ってます」

「お願い。私も、中本先生を救急車に乗せたら、すぐ行くから」

「はい。じゃ、みんな連れてっていいですか？」

「ええ、そうして。私がついてるから、中本先生には」

畑山が、中本を運んだ他の男の子たちを呼んで、グラウンドへと戻って行く。

さつきは、市橋涼子が応接室の中へ入って行くのを見ていた。

昼休み、あそこから出て来たんだったわ。——あの二人。

涼子がドアを中から閉めた。

さつきは、廊下に立っていた。――市橋涼子が中で泣いているような気がした。

「どうしたんだ？」

と、声をかけられて振り向くと、畑山が立っていた。

「気分でも悪いのか？」

「私、走ってないもの」

「そうだな」

畑山は苦笑して、「中本先生も、あんなに突然走らなきゃいいんだ」

「大丈夫？」

「ただの貧血のひどいやつだと思うけどな。――びっくりしたろう？　こんなにいつも先生が倒れるわけじゃないんだぜ」

さつきがちょっと笑った。

「グラウンドへ戻るか？　今、ちょっと手洗って来たんだ」

「畑山君って、足、速いんでしょ？」

「大したことないさ」

と、畑山は肩をすくめて、「俺ぐらいのなんて、いくらでもいるよ」

「リレーって……みんな走るの？」

「心配か？　平気だよ、女の子たちなんて、ほとんど本気で走ってない」

「私……走れない」

「ちょっと、走るコツを憶《おぼ》えりゃ走れるよ」

「でも——走れないの」

と、さつきはくり返した。

「あ……。救急車かな」

サイレンが聞こえた。

「早いのね」

「このすぐ裏が消防署だから。——でも、ずいぶん早いや」

さつきと畑山が見ていると、事務の女性が担架を抱えた救急隊員を案内して、

「こちらです」

と、小走りにやって来る。「——先生。市橋先生！」

応接室の中へ、救急隊員たちが入って行った。

すぐに担架に乗せられて中本が運び出されて来る。

「脈拍もしっかりしてる。大丈夫ですよ」

「よろしくお願いします」

と、涼子は頭を下げ、それでも、引張られるように担架の後について行った。

「——先生、泣いてた」

と、さつきが言った。

「うん……。見ない方が良かったよな」

「見なかったことにすればいいんだわ」

「そうだな。黙ってよう」

二人は何となく顔を見合せた。

「行くか」

二人がグラウンドに戻ろうと歩いて行くと、玄関の受付の窓口に背広姿の男が声をかけていた。

「K学院の西島と申しますが、中本先生とお会いする約束で」

「中本先生ですか。あの、今、ちょっと……」

と、事務の女性は困ったように、「具合が悪くて」

「授業中なら、待たせていただきますが」

「いえ……。今、救急車で——」

畑山が足を止め、その背広の男を見ていた。

「どうかしたの？」

と、さつきは訊《き》いた。

畑山の目は冷ややかに、しかし何か深い思いをこめて、その男を眺めている。

「――分りました。〈高校対抗陸上〉のことで、中本先生と打ち合せをすることになっていて……」

「お待ち下さい。他の先生に訊いてみます」

「よろしく」

その男は、軽く息をついて、周りを見渡した。そして――畑山と目が合うと、

「お前……。畑山か」

と、目を見開いて、「何してるんだ？」

「ここの生徒です」

と、畑山は言った。「西島先生、今、K学院なんですか」

「うん。――今年からな」

「そうですか」

二人の間に、ただごとでない張りつめた空気があるように、さつきには感じられた。

「――失礼します」

畑山はそう言って、「行こう」

と、さつきを促した。

二人がグラウンドへ出ると、クラスの子たちは、ダラダラとコースを走っていた。

「今の人、知ってるのね」

と、さつきは言った。

「思い出したくもないよ」

と、畑山は言って、「行くぜ！」

と、一人、グラウンドを駆けて行った。

さつきは足を止め、美しいフォームで駆けて行く畑山をじっと見送っていた……。

4　黄色の信号

「じゃ、今日はこれでね」

と、市橋涼子はクラスの中を見回した。「あと十分あるけど、議題もすんだし、ホームルームを終りましょう」
もちろん、学校が早く終っていやな生徒はいない。
涼子の言葉が終らない内に早くも帰り仕度する子も何人もいた。
「先生。中本先生は大丈夫？」
と、質問が飛ぶ。
涼子は、その口調に、自分をからかっている響きを聞き取っていた。
あのとき——午後の体育の時間で中本が倒れて、涼子は我を忘れてしまった。
悔んでも、もう取り返しはつかない。オロオロして、涙まで見せてしまったことを、
生徒たちは見逃していないだろう。
「幸い、大したことはないって」
涼子は、できるだけ軽い口調で言った。「考えてみれば、丈夫な先生ですものね。
——じゃ、終ります」
余裕。——余裕を持つのだ。
何を言われても、笑ってごまかせるようでなくては。でも、今日のように、突然中
本が倒れるといったことは、予測もしていなかった。
幸い、ただの貧血と言われて安堵《あんど》したが、中本がひどく忙しい立場にいるのも事実

である。

私なら。――私が奥さんなら、休日には彼をゆっくり休ませてあげる。

現実には、奥さんの両親と同居している中本は、日曜日の度に、少し足腰の弱くなっている老夫婦の外出の運転手をさせられているのだ。

中本はよくグチをこぼす。それを聞いてやるのも、涼子には楽しい。

中本の妻は元教師なので、用心しなくてはならなかった。もし、生徒の間で涼子と中本のことが噂《うわさ》にでもなれば、どこからかその話が中本の妻の耳に届くかもしれない。

「畑山君。今日はありがとう」

と、涼子は言った。

「中本先生、貧血ですか？」

「ええ。少し働き過ぎなのよ。いつも寝不足って目をしてるでしょ。お昼休み、よく職員室でも居眠りしてるし」

と、涼子は言いながら、朝野さつきの姿を目にとめていた。「そうだわ。朝野さつきさんのことだけど、同じバスね」

「ええ」

「一日目だし、朝、バス停を間違えてるし。悪いけど、帰り、送ってあげてくれない？」

どうせ中本も今日はいない。

「いいですよ。今日は練習ないし」

と、畑山は言った。

「悪いわね。明日からはもう大丈夫だと思うけど」

「はい」

畑山は、ゆっくり帰り仕度をしている朝野さつきの所へ行くと、「――一緒に帰ろう」

「え？」

さつきが顔を上げる。

「また降りるバス停、間違えるといけないだろ」

「――うん」

さつきは、どっちでもいいという様子で肯《うなず》いた。

二人で教室を出ると、

「畑山君」

と、廊下を駆けて来た女の子がいる。

「何だ。用事か?」

「中本先生から言われてたの。あなたと打合せとけって」

「ああ……。でも……」

と、さつきを見る。

「私、大丈夫」

と、さつきは言った。「家の前、バスで通るから、帰りは分るわ」

「あなた、転校生?」

「ええ」

「——永田っていうんだ」

と、畑山が言った。「陸上部の子さ」

「永田由布《ゆう》っていうの。よろしく」

「朝野さつきです」

ペコンと頭を下げると、「じゃ、さよなら」

「うん……。気を付けてな」

畑山は、さつきの後ろ姿に声をかけた。

永田由布は、

「あの子？　――本当に少し変ね」

「先生も、どうしてなのか分らないらしいけどな。――じゃ、部室に行こうか」

と、畑山は言った。


さつきは、靴をはき替えて校舎を出た。

「やあ、待ってたよ」

名取弥生が立っていた。

「え……」

「一緒に帰ろうって言ったじゃない」

「――そうだっけ。ごめんなさい」

と、さつきは頬を染めた。「私、すぐ忘れちゃうの」

「ちっとも構わないのよ」

弥生は首を振って、「この近くの、おいしい店、教えてあげる。学校の中のことじゃないから、憶《おぼ》えられるでしょ」

「たぶんね。甘いもののことなら」

と言って、さつきはちょっと笑った。

二人が校門への道を辿《たど》って行くと、

「——どうもご足労いただいて」

「いや、中本先生によろしくお伝え下さい」

という会話が耳に入って来た。

さっき、畑山と出会って驚いていた他の学校の先生だ。

自分の車に乗り込もうとしていたその教師は、ふとさつきたちの方へ目をやって、

「——ああ、君はさっき畑山と一緒にいた子だな」

と、話しかけて来た。「僕はK学院中学の西島というんだ」

さつきは、畑山がこの教師をひどく嫌っていたことを思い出していた。

「K学院の中学・高校の陸上部の顧問をしていてね」

と、西島は言った。「今度、〈高校対抗陸上〉があるんで、中本先生と打合せがあってやって来た。もっとも、先生は具合が悪くて帰られたそうだが」

「貧血を起したんです」

と、弥生が言った。

「そうか。君らも一年生？」

「はい」

「畑山と同じクラスか」

「そうです」

「そうか」

西島は肯いて、「速いだろ、あいつ」

「ええ、凄《すご》く」

「僕は中学で、畑山を教えてた」

西島の言い方は、ひとり言のようだった。

そして、西島はさつきを見ると、

「君も走れそうな足をしてるな」

と言った。

それまでずっと黙っていたさつきは、首を振って、

「私、走りません」

と言った。

「どうしてだ？」

「走りません」

と、さつきがくり返す。

西島は、それ以上訊《き》く気もないのだろう、

「じゃ、畑山に伝えてくれ。〈高校対抗陸上〉での走りを楽しみにしてると」

と言って、車に乗った。

西島の車が校門を出て行くのを見送って、弥生はちょっと顔をしかめた。

「何か感じの悪い奴《やつ》」

「畑山君、嫌ってたよ、あの人のこと」

と、さつきは言った。

「私も一目見ただけで嫌いになるね。——行こう」

「うん……」

さつきは喉《のど》もとにこみ上げてくる恐怖にじっと耐えた。

校門を通る。——それだけのことが、さつきにとっては命がけの冒険なのだ。しかも、爽快《そうかい》さも何もない。

「どうしたの？」

先に行く弥生が振り向く。

そうだ。一人じゃないんだ。

さつきは、弥生の手を握った。

「校門出るまで、手をつないでて」

弥生は、ちょっとびっくりしたようだったが、

「いいわよ」

と、しっかり手を握り返して来た。

さつきは、何とか笑顔で校門を出ることができた……。

「変な子ね。どうしてあの子がうちへ入って来たの？」

と、永田由布が言った。

「――何だよ」

畑山は、手もとのグラウンドの見取図から顔を上げて、「突然何のことかと思うだろ。今まで開会式の打合せしてたのに」

由布は答えなかった。

――陸上部の部室は、ほとんど物置のようなものだ。

それでも、汗の匂《にお》いやカビくさい湿っぽさがないのは、由布が先頭に立って、こまめに掃除して、汚れたトレーニングウェアは必ず持って帰らせているからだ。

「聞いたよ」

と、由布は言った。「リレーの練習で、あの子走らなかったんだって？　歩いてたって？」

「うん……。まあな」

と、畑山は肩をすくめた。「そんなことといいから、開会式の手順、決めちまおうぜ」

「あの子のこと、かばってるの？」

「違うよ。今日会ったばっかりだぜ。何で俺があいつをかばうんだよ」

「でも、聞いたよ。あの子がノソノソ歩いてるのを見て笑った子に、畑山君が怒ったって」

「今日、初日なんだ。それに、先生もよく知らないみたいだけど、学校を変ったのは、何かよっぽどの事情があるみたいだし。それをからかっちゃ可哀《かわい》そうだろ」

「やさしいのね」

「悪いか」

「悪いなんて言ってない」

由布は立ち上ると、ドアまで行って鍵《かぎ》をかけた。

「何してんだ？」

「ほんの少しの間だけ」

由布は、戻ってくると畑山に身をすり寄せた。

「よせって」

「いいじゃない。誰も来ないよ」

由布が畑山の頰に唇を触れる。

畑山は、ちょっとうるさそうに顔を向けて、由布の唇にキスした。

「さ、打合せの続きだ」

「ちゃんとしてよ」

由布は強引に畑山の顔を自分の方へ向かせると、唇を重ねた。

スラリと背が高く、足も長くて、由布は女子の中で飛び抜けて速いランナーだった。そして、鼻筋の通った端正な顔立ちは、とても高一に見えない。知らない人は必ず三年生だと思う。

学年きっての秀才でもあり、その点では畑山より上を行っていた。

「──お前、変ってるな」

と、畑山は言った。「普通、男の方が迫るんだぞ」

「畑山君が迫ってくれないから」

「まだその気になれないよ」

と、畑山は言った。「高一だぜ」

「今ならちっとも早くないわ」

「他の奴らはどうでもいいさ。俺はまだいいと思ってる」

「ふん、そんなこと言ってると、他の子にあげちゃうよ」

畑山は笑っただけだった。

永田由布が、好奇心だけで好きでもない男と寝るような子でないことは、よく知っている。

「でも、あの子と浮気しちゃだめよ」

と、由布は言って、椅子《いす》に戻った。

「くどい。——主催校だから、俺たちはラストに入場だろ」

「今までそうだったよね」

「ここにマイクだろ。——トラック、こっち側を使った方がいいかな」

「審判席から遠くない?」

「うん……。そうか。こっちの方が、走り幅跳びとかの奴の気が散らなくていいんだけどな」

「国立競技場じゃないんだもん。我慢してもらわないと」

「うん……」

畑山は、ふと思った。

朝野さつきは、無事に家まで帰っただろうか。

永田由布に言われたので、余計に気になってしまうのかもしれない。

それに、担任の市橋涼子から「送ってやってくれ」と頼まれて引き受けたのだ。それなのに……。

畑山は後悔していた。

由布にどう見られようと構わない。別に、二人は「恋人同士」というわけではないのだ。由布の方はそう思っているだろうが。

「――今日はこれぐらいにしとこう」

と、畑山は言って図面をたたんだ。

「どうして？　急ぐの？」

「そうじゃないけど、中本先生いないのに、勝手に決められないだろ。明日、もう一度先生を混えてやろう」

「いいけど……」

と、由布は曖昧《あいまい》に言って、「帰りにどこかに寄ってこうよ」

「どこに？　アンミツなんて食いたくないぜ、俺」

「私の家」

「だめだよ」

二人は部室を出た。

もう校舎の中は静かである。残暑はまだ続いているが、日が落ちるのは確実に早くなっている。

少し黄昏《たそがれ》どきの雰囲気が漂っていた。

「――ね、今度の日曜日、プールに行かない？」

と、校舎を出て歩きながら、由布が言った。

「プールか」

「その辺のじゃなくて、ホテルの。Ｓホテルのプールの利用券、もらったんだ。タオル代千円だけ払えば、一日いられる」

「プールなら行ってもいいな」

「じゃ、行こう！　約束よ」

と、由布はホッとした様子で言った。

「あれ。――名取だ」

名取弥生が何だかせかせかした足どりで戻ってくる。

「おい、忘れ物か？」

「畑山君！　ちょうど良かった」

「どうしたんだよ」

「困っちゃって。——来て！」

と、弥生は畑山の手を引張った。

「何だよ。——おい、引張るなよ」

少し行った所に横断歩道がある。

そこに朝野さつきが立っていた。

「——どうしたの、あの子？」

と、由布が言った。「ずっと前に帰ったじゃない」

「私、一緒だったんだけど、ここまで来たら、動かなくなっちゃったの」

「動かなくなった？」

「ここ渡らないと帰れないじゃない。でも、あの子、『黄色の信号は渡っちゃいけないの』って言って、ずーっとああして立ってるのよ」

車の数も少なく、見通しもいい場所なので、信号はいつも黄色の点滅なのだ。いや、それは歩行者用ではなく、細いわき道から出てくる車のための信号なのだが、朝野さつきはじっとその信号を見つめて、立ちすくんでいる。

「どうしよう？——さつき、畑山君も来たよ」

さつきが振り向く。

やや青ざめた顔には、怯《おび》えた子供のような表情が浮んでいる。

「どうしたんだよ」

と、畑山は気軽な調子で言った。「朝、ちゃんと渡って来たじゃないか」

「信号はなかったわ」

「そうか。逆だもんな、向きが。でも、車が来れば見えるから大丈夫だ。さあ、行こう」

と、畑山がさつきを促す。

「だめ。黄色の信号は危いんだってば。——死ぬよ」

どう見ても本気で言っている。

「大丈夫。俺がついてるよ」

畑山がさつきの腕を取った。「さあ。ちゃんと左右見て。車なんかいないだろ？行くぞ！」

少しためらいながら、さつきは腕を取られて、何とか歩き出した。渡るのはほんの一瞬のことである。

「――ほら！　渡れただろ」

「うん……。ありがとう」

さつきは息をつくと、「ごめんね、分んないこと言って」

と、頰を染めた。

「さあ、帰ろう。送ってくよ。先生と約束したからな」

「――ねえ」

と、由布がむくれて、「私は？」

「今日は送るってことになってるんだ。今度な」

「分った。日曜日はプールね！」

「うん」

畑山がさつきと一緒に帰って行くのを、由布と弥生は見送った。

「あの子、どうなってるんだろ？」

と、弥生が言った。

「変よね。――私、あの子のこと、調べてみるわ」

と、由布は言った。

「どうして、走れないのかしら」

「リレーの練習で歩いてたって？」

「そうなの。——ねえ、いくら走るのが遅くたって、みんな少しは走るふりくらいするでしょ？　でもあの子、本当に歩いてるの。全然走らないのよ。リレーのとき、あれじゃ負けちゃう」

と、弥生は首を振って、「負けてもいいけど、あの子が色々言われるからね」

「だって、本人のせいでしょ。仕方ないわよ」

と、由布は言って、遠ざかって行く畑山とさつきの後ろ姿を、じっとにらんでいた。

5　寄り道

バスは、まだ通勤帰りの人も少ないので、空《す》いていた。

畑山とさつきは座席にかけて、何となく顔を見合せた。

「ごめんなさい。——あの人が凄《すご》く怖い顔してた」

「永田か？　あいつはいつも怖いんだ」

と、畑山は笑った。

「でも、あなたのことが好きよ」

「まだ早いよ。少なくとも俺は」

と、畑山は言って、「君は？　恋人いるの？」

「いない」

と、さつきは首を振った。「忘れてるのかな」

「かもしれないな。その内、ゾロゾロ出て来たりして」

さつきが声を上げて笑った。その笑いは、畑山をホッとさせた。

後は、専《もっぱ》ら畑山がさつきに学校内の事情を話して聞かせていた。

さつきは楽しげにその話に耳を傾けていたが、

「あ。——今のがうちなの」

と言って、「次で降りなきゃ」

バスが停ると、さつきは立ち上って、

「どうもありがとう」

「俺も降りる」

畑山はさつきに続いてバスを降りた。

「――どうして？」

と、行ってしまうバスを見送って、さつきは言った。

「君の家を知っときたい。また迷子になったりすることがあるかもしれないからね」

「そうね。じゃあ……。こっちよ」

さつきは、数分歩いて、一軒の新しい住宅の前で足を止めた。

「ここが家」

「きれいな家だ」

「狭いけど」

「充分だろ。うちもこれくらいさ」

畑山は微笑《ほほえ》んで、「じゃ、これで」

「でも――せっかく来てもらって……。上っていって」

「迷惑じゃない？」

「平気よ」

さつきは玄関の鍵《かぎ》をあけた。「――お母さん、いる？」

「帰ったの？」

と、峰子が出て来て、「——あら」

「同じクラスの畑山君。送ってくれたの。上ってもらってもいいでしょ？」

「もちろんよ。さあ、どうぞ」

「お邪魔します」

畑山は、少し手狭な感じの居間に入ると、「すぐ失礼しますから」

と言った。

「ゆっくりしてらして。飲物は？　まだ暑いわね。ジュースでも？」

「あ、それじゃ……ウーロン茶を」

「はいはい。さつき、着替えてらっしゃい」

「うん。——ちょっと待っててね」

さつきが二階へ上って行く。

「朝野峰子です。娘がお世話に」

と、ウーロン茶のグラスを出して、「あの子、学校で無事にやっていました？」

「朝、バス停を一つ早く降りて、少し遅れましたけど」

「あら、そう。でも、一人で行かせないとねえ」

「明日からは大丈夫でしょう」

「そうだといいんですけど」

と、峰子は言って、「畑山……さん？」

「畑山啓介です」

「そう。お分りでしょうけど、あの子、少し……その……普通でないところがあるので……」

と、峰子は口ごもった。

畑山は、ちょっと意外な気がした。母親の方から、そんなことを言い出すと思わなかったのだ。

「あの子をよろしくお願いします」

と、峰子は頭を下げた。

「いえ、僕なんか……」

「お宅はどちら？」

「この先です。バスであと十分くらい」

「まあ、そう。いいお友だちができて、あの子も安心してるでしょう」

畑山は、さっきのことを、もっと色々訊《き》いてみたかったが、いきなりそんな話をするのもためらわれた。

そして、すぐにさつきが着替えて現われたので、峰子は台所へと立って行った。

「――ごめんなさいね、引き止めて」

「いや、いいよ」

「だけど――あの人、美人ね」

「誰？」

「ほら、今日、帰りに……」

「ああ、永田か。気が強くてさ」

「同じクラブ？」

「うん。女子の方でトップだ。一年生だけどもう三年生も何も言えないよ」

と、畑山は言った。

「へえ」

「今の二、三年生は、あまり記録のいいのがいなかったんだ。中本先生も力を入れる気になれなかったと言ってた」

「でも、今年は畑山君がいる」

「まあ――少しはまし、って程度さ」

と、少し照れてウーロン茶を飲んだ。「俺と永田由布。男女、一人ずつ速いのが入ったんで、すっかり気を良くしてる」

「背高くて、スタイルいいわ」

「足が長い。フォームがきれいなんだよ」

と、畑山は言った。「今度の日曜日、泳ぎに行く。君も来るかい？」

言ってしまってから、後悔した。由布がどう思うか。

「日曜日は出られないの」

と、さつきが言ったので、畑山はホッとした。

電話が鳴って、さつきはすぐ立って行った。

「――はい、朝野です。――あ、そうですけど。――少しお待ち下さい」

と、自信なげな声になる。

「どうしたの？」

と、畑山が訊くと、

「電話で……学校の市橋さんっていう人なんだけど」

「市橋って、担任だよ、僕らの」

「あ、そうだっけ」

と、さつきは頰を染めて、「だめだわ、もう……。お母さん！」

さつきが台所を覗《のぞ》く。

本当に忘れてしまうんだ。

畑山は驚いた。学校ではあんなことがあったのに。――中本先生が倒れて、市橋先生が取り乱していたのも忘れてしまったのだろうか？

峰子がやって来て、

「どうしたの？」

「担任の先生から電話」

「あら。――はい、替りました。さつきの母でございます。――娘がお世話になりまして……。は？　――あ、お弁当ですね！　申しわけありません。明日から持たせます。――体操着。――分りました。明日、代金を持たせますので」

――さつきは、母の言葉がまるで耳に入っていないように、

「何かつまむものでもないかしら。待っててね」

と、台所へ立って行った……。

「市橋先生。――市橋先生」

と、さつきはくり返し呟《つぶや》くと、「ちゃんと憶《おぼ》えてるつもりなんだけど……。きっと何日か通えば、憶えられるわ」

「急ぐことないさ」

と、畑山は言った。「僕のことも、明日になったら忘れてるかな？」

「憶えてる――と思うわ。ごめんなさい、変なことばっかり言って」

さつきは畑山を送って、バス停まで歩いているところだった。

「いいんだ。毎日初めて会ってるんじゃ、いつも新鮮でいい」

と、畑山は笑った。

「いっそ、学校へ行かなきゃいいのね」

と、さつきは言った。「もう高校生なんだもの。何も無理して行かなくても……」

「行きたくないのか？」

「そうじゃないわ。行くと楽しいこともあるし、友だちと話してるのも面白くて好きよ」

「じゃ、行けばいい」

「でも、みんなの迷惑になるかもしれないって思うと……」

「迷惑って？」

「私、リレーに出ても走れない」

畑山はさつきの横顔を見て、

「憶えてるんだ」

「うん。——走れなくて、みんなが笑ったわ。畑山君が怒ってくれたでしょ。嬉《うれ》しかった」

「君は……どうして走れないのか、分らないの？」

「分らない。でも——考えれば分りそうな気もするの。だけど、考えたくない。分りたくない、って思ってる自分がいて、分りたいって思ってる自分を抑えつけちゃうの」

「そうか」

「——私って変よね。永田さんが私のこと嫌がるのも当り前だわ」

バスはまだ見えなかった。バス停の所で、二人は立っていた。

「思い出したくないことって、あるよ」

と、畑山は言った。

「畑山君も？」

「うん。——さっき学校で会った、西島って憶えてるか？　今、K学院にいるって言ってた」

さつきは少し間を置いて、

「あなたが嫌ってる人ね」

「そうそう。――あいつのことなんか、思い出したくないよ」

「何かあったのね」

「卑劣な奴《やつ》だ。あんな奴、教師じゃない」

畑山が強い口調で言ったので、さつきはびっくりして畑山を見た。

「――バスが来た」

畑山が微笑《ほほえ》んで、「ごちそうさま。じゃ、また明日」

と言った。

「うん。――明日」

さつきも笑顔で肯《うなず》く。

バスが停って、畑山が乗ると、さつきは少し退《さ》がって窓越しに手を振る畑山へと手を振り返した。

畑山は、空いた席を見付けて腰をおろした。

バスが走り出し、停留所の方を振り返ると、さつきがずっと立って見送っている。

ふしぎな子だ。

畑山は、永田由布《ゆう》が腹を立てるような意味で、あのさつきという子に関心があるわけではなかった。

ただ、「学校」というもの、「先生」という存在が、「信じられるもの」でなくなってしまったこと。——そういう経験を、あの子もしたと、直感的に分ったのだ。

もちろん、それがどんなことだったのか分らないが。

畑山は今もあのときのことを思い出すと、カッと顔が熱くなる。——講堂で、西島が畑山を殴ったとき。

畑山ではない。——笑ったのが畑山だったと、西島にも確信があったわけではない。

それでいて、畑山を殴ったのだ。鼻血が出るまで、殴り続けたのだ。

もしあれが中学一、二年のときのことだったら、畑山も学校へ行かなくなっていたかもしれない。

事情を知った父親は、

「あと少しで高校だ。我慢しろ。忘れてしまえ、そんなことは」

と言った。

畑山は怒った。——学校に、せめて抗議してほしいと思った。

しかし、今はもう、父親への怒りはない。大人なんて、そんなものだ。

しかし、あの西島のことだけは許せなかった。――まさか、あんな所で会うことになろうとは。

バスの中で、畑山は気付いた。

さつきと一緒にいたのは――一緒にいて、気持が楽になるように感じたのは、西島と会って、あのときの怒りがこみ上げて来ていたからだ。

さつきといると、ふしぎに心が安らぐのだった。

「――危い、危い」

永田由布が、そんな畑山の気持を察したら、また目をつり上げて怒るだろう。

その様子を想像して、畑山はつい一人で笑ってしまった……。

6 不 安

「こちらです」

と、看護婦が案内してくれる。

「どうも」

病室を覗《のぞ》くと、忍はすぐに夫を見付けた。

「——あなた」

と、声をかける。

中本は目を開いて、

「お前か……」

と、息をついた。

「大丈夫？　びっくりしたわ」

「ああ、もう……。大したことはない。貧血だ」

「体育の先生が貧血を起したんじゃね」

と、忍は笑って、「——少し顔が青いわよ」

「もう起きられる。何ともない」

「もう少し寝てて。今、お医者様がみえるって」

「もう何ともないんだ」

と言いながら、中本は寝たままでいた。

「お前、よく分ったな」

「お電話いただいたのよ、市橋先生から」

「——そうか」

「いつも話してる方でしょ？　とても感じのいい人ね」

「ちょうどあの先生のクラスを教えてたんだ」

「聞いたわ。足の速い子と一緒に走ったんですって？　無理するからよ！」

「そんなことまで言ってたか？　おしゃべりだな、女は」

「あら、とても恐縮されてたわよ。よろしくお伝え下さいって。それと、K学院の先生がみえたって」

「そうか！　打ち合せの約束があった」

「仕方ないわよ。——ね、少し休んだら？」

「忙しいんだ。休めるか、こんなときに」

中本は首を振った。「このところ寝不足だったから」

そこへ看護婦がやって来た。

「中本さんですね」

「はい、家内です。主人がお手数を」

と、忍はあわてて言った。

「先生がお話をしたいと。――こちらへおいで下さい」

「はい！　あなた、寝てて」

「ああ……」

中本は、妻の忍が看護婦について病室から出て行くのを見送っていた。

何ともない。それは嘘《うそ》ではなかった。

めまいもしないし、頭痛もない。特にどこといって痛む所もない。

だが――中本は寝ていた。

なぜか、起きたいという気になれないのだ。妙な具合だった。手足に何となく力が入らない。何だか体の中の心棒を外されてしまったようで、糸の切れたマリオネットみたいにグタッとしていたのだ。

少し疲れてるんだ。それだけだ。

――市橋涼子が忍へ電話を入れたと聞いて、ちょっと緊張した。

しかし、涼子はあくまで「同僚」として話をしたようだ。

そうとも。――涼子のことだ。しっかりしてるからな、彼女は。

中本は、自分が倒れたとき、涼子が取り乱して、生徒たちの目をひいていたことなど、知る由《よし》もなかった……。

「――奥さんですね」

中年の、どこかくたびれた感じの医師が忍の方を向いた。

「中本の家内でございます」

「おかけ下さい」

と、医師は言った。「ご主人と話されましたか」

「はい。本人はもう何ともないと申していましたが」

「取りあえずは良かった。――実は、ちょっとお話ししておきたいことが」

「はあ……」

過労気味だとでも言われるのだろうか。それは言われなくても分っている。だからといって、教師は休むわけにいかない。特に今は若手の教師で休む人が多く、中本の世代は一番そのしわ寄せを受けているのだ。

「こんなことが最近よくありましたか」

と、医師が訊《き》いた。

「こんなこと、というのは、貧血を起して倒れるといったことでしょうか。――いえ、初めてだと思います」

「そうですか」

医師が目を合せようとしない。――忍は初めて不安を覚えた。

「先生、主人がどこか……」

「まあ、詳しい検査が必要ですね。いずれにしても」

と、医師はボールペンを持った手を机にのせて、トントンとその尖端《せんたん》で机の表面を叩《たた》いていた。「学校の先生でしたね」

「はい」

「教科は？」

「体育の教師です。それと、陸上部の顧問をやっています」

「しばらく休まれた方がいいかもしれませんね」

曖昧《あいまい》な言い方は、却《かえ》って忍の不安を煽《あお》った。

「先生、主人はどこが悪いんですか？」

と、忍は少し前にのり出すようにして、「はっきりおっしゃって下さい」

「いや、詳しい検査をしないと、はっきりしたことは言えません。ただ――可能性があるという意味ですが……白血病の疑いがあります」

その言葉を理解するのに、少し時間がかかった。

しかし、数秒後には忍の顔から音をたてるような勢いで、血の気がひいていった。

と、朝野峰子は、さつきがサンダルをはいて玄関を出て行こうとしているのを見て、声をかけた。

「――どこに行くの？」

「ちょっと本屋さんまで」

「出かけるときはちゃんと言ってね。心配するじゃないの」

「うん。ごめんなさい」

さつきは明るく言って、「行って来ます！」

と、玄関のドアを開けた。

バス通りを少し歩くと、商店街である。

その中ほどの喫茶店。

さつきは入口から弾むような足どりで入って行った。

「――あら」

小さな喫茶店だ。一目で見渡せる店内には、見知らぬ客が二人いるだけだった。

もう六時は過ぎているのに……。

どうしよう？　――さつきが立ち尽くしていると、不意に後ろから手で目隠しをされた。

「あ――」

「誰か分るかな？」

暖かい声が笑っている。

「おじさんだわ。それぐらい分るわよ」

「やっと声も憶《おぼ》えてもらえたかな」

と、手を外して、「遅れてすまん。TVを見ていたら、つい出そびれてね」

「私よりTVの方が面白いのね」

「いやいや、そんなことはない。勘弁してくれよ。さあ、かけよう」

「はい！」

一見芸術家風の身なりをした、白髪の老紳士である。

老人といっても、ほっそりとした体つきで、身のこなしも若々しい。

「――今日はハーブティーにしよう。カモミールを」

「私はレモネード。熱いのね」

と、さつきは言った。

「さつき君はレモネードが好きだね」

「ええ。どうしてだか好き。きっと前から好きだったのね」

さつきは座席に座り直すと、「良かったわ、帰らないで」

「少しは大目に見て、多少遅れても待っていてほしいね。何しろ大急ぎで駆けてくるってわけにはいかない」

「そうよ！　走らないで。私、何時間でも待ってるわ」

と、さつきは真剣な表情で言った。

「大丈夫。もう待たせはしないよ」

——〈おじさん〉。

　さつきはただ、そう呼んでいた。

この近所に住んでいるということだが、家は知らない。ただ、週に二度、この喫茶店で会って話をする。

　何がきっかけだったのか、さつきもよく憶えていなかった。何だか、気が付くと仲良くなっていた、という感じだ。

「今日から新しい学校へ行ったのよ」

と、さつきは言った。

「そうか。楽しかったかね?」

と、〈おじさん〉が訊く。

「たぶん……」

と、さつきは肯《うなず》いて、「明日も行こうと思ってるから、きっと楽しかったんだと思うわ」

「それは結構だ。いい友だちができたんじゃないかな?」

「そう。——きっとそうだわ」

「男の子? 女の子?」

「どっちも。女の子はね……何ていったかしら」

さつきは考え込んでしまった。「いやだわ、私って……。これじゃ、誰も友だちになってくれない」

と、しょげてしまう。

「大丈夫。ちゃんと明日学校へ行けば思い出す」

「男の子の方は憶えてるわ。畑山君っていうの。朝、バス停を間違って降りたら、学校まで連れてってくれた」

「優しい子だ」

「とっても。それにね、凄《すご》く走るのが速いの！」

と、目を輝かせて言ってから、すぐに沈んだ顔になって、「リレーの練習があった。私、走れなかったわ」

「そうか」

「明日も走らされたらどうしよう……」

「毎日はないだろう」

「そのときにね――そうだわ。先生が倒れちゃったの」

「ほう？」

「日射病かしら？　体育の先生なのに。そして学校の中へ運んで、救急車のサイレンが……」

さつきはふと頭をめぐらすと、「聞こえた？　今、救急車が来なかった？」

「いや、何も聞こえなかったよ」

「そう。――気のせいね、きっと」

レモネードが来て、一口飲むとさつきは大分落ちついた様子だった。

「畑山君には彼女がいるの。とってもきれいでスタイルのいい子」

「さつき君より？」

「おじさんって、すぐからかう」

と、さつきは笑って、「あの子にはとってもかなわないわ。あの子——永田さんっていったわ」

なぜか、畑山の「彼女」の名はスンナリと出て来た。

「のんびり通うんだ。友だちのお家へ遊びに行くのもいい。遊びに来てもらうのも」

「今日、畑山君は帰りにうちへ寄ってくれたのよ」

「そりゃ良かった」

「ええ。でも——永田さんが怒るわね、きっと……」

さつきは、遠くを見る目つきになった。

「永田さんって、誰かに似てる気がするの。——誰なんだろ？」


「じゃ、またね」

さつきは喫茶店を出て、〈おじさん〉と別れると、少し行って振り返り、手を振った。

手を振り返して——倉沢はフッと息をつくと、商店街を足早に抜けて行った。

抜けた所に、黒塗りの車が停っている。

倉沢の姿を見ると、すぐ運転手が出て来て、ドアを開けた。

「会社へ。急いでくれ」

「かしこまりました」

車が走り出すと、倉沢は車の中で着替えを始めた。レースのカーテンが引いてあり、外からは見えない。

ワイシャツにネクタイをしめ、スーツを着る。——車の電話が鳴った。

倉沢が取って、「——もしもし。——私だ。会議を二十分遅らせてくれ。——うん。「私が出る」

それから、M学園一年生の畑山という男の子のことを調べさせてくれ。姓しか分らん。——うん」

倉沢は着替えをすませると、座席を少しリクライニングさせて、ホッと息をついた。

「さつき……」

倉沢の口から、ほとんど無意識にその名がこぼれ出た。

7　見　舞

「もう帰るのか？」

畑山が足を止めて言った。

廊下を、さつきと名取弥生がやって来たのである。

「ええ。畑山君はまた走るの？」

と、さつきが訊《き》く。

「この子は、走ってりゃ幸せなのよ」

と、弥生がからかって、「さ、こっちはお先に帰ろ」

畑山が何か言いかけたが、そこへ、

「早くして！　もうみんなグラウンドに出てるわよ！」

と、鋭い声が飛んで来た。

「ほら、女王様が怒ってる」

と、弥生が言った。「畑山君、早く行きなよ」

「分ってる。――先に行っててくれ！　すぐ行くから！」

畑山は、トレーニングウェアの永田由布に向って言った。

由布は不機嫌そうにさつきのことを見ていたが、あまりしつこく言って畑山を怒らせたくないのか、グラウンドの方へ小走りに駆けて行った。

「行ってあげて」

と、さつきは言った。「私なら、もう大丈夫だから」

「ああ。最近はバスもちゃんと間違えずに降りてるみたいだしな」

「帰りの黄信号の点滅も、ちゃんと渡れるようになったわ」

と、弥生がさつきの肩を抱く。

「――そんなの当り前ね」

と、さつきは少し恥ずかしげに目を伏せて、「もう二週間も通ってるんですもの」

「私のことも、やっと憶《おぼ》えてくれたみたい」

と、弥生が笑って、「畑山君のことは一日で憶えたけど」

さつきはただ笑っただけだった。

「じゃ、行くよ。また明日」

「さよなら」

さつきは、軽い足どりで駆けて行く畑山に手を振った。

――さつきと弥生はまた歩き出して、

「さつきと永田由布の『女の闘い』、学校中で評判なのよ」

「私、永田さんとケンカなんてしてないわ」

「さつきがしてなくても、向うはしてる」

「そんなこと、関係ないわ」

と、さつきは首を振った。「私は別に畑山君とお付合なんかしてないもの」

「でも、畑山君の方はお付合したがってる」

「言われたことないわ」

「言われなくても、そうなのよ」

二人は校舎を出て、校門へと向った。

「――そんなことより、何だか市橋先生、元気がないみたい」

と、さつきが言った。

「そう？　元気じゃない、今日だって」

「何だか、わざと元気そうに振舞ってるみたい」

「そうかなあ……。でも、さつきがそう言うのなら」

「私、何となくそういうことは分るの。自分が少しおかしいせいかな」

二人は校門を出た。

もう、さつきも今では平気で校門を出られる。ただし、二人なら。

「あ、先生」

と、弥生が足を止めた。

二人を足早に追い越して行ったのは、市橋涼子だった。

「先生！　何急いでるの！」

と、弥生が呼びかけると、涼子は振り返って、

「あら、気が付かなかったわ」

と笑った。「タクシーを拾おうと思って。そうだわ、あなたたちの方が詳しいわね。この近くにお花屋さんはない？」

「お花屋さんなら……ええと、あの〈P〉って喫茶店、知ってます？」

「ええ、知ってるわ」

「その斜め前にあります」

「そうだった？　まあ、全然気が付かなかったわ。――二人とも通り道ね。一緒に行

きましょう」

「はい！」

　女三人になって、また歩き出す。

「——朝野さんも大分慣れたようね」

「ええ」

「何か、困ったことでもあったら何でも言ってちょうだいね」

「先生、お花持って、どこに行くの？」

　と、弥生が訊く。

「中本先生のお見舞よ」

「ああ、そうか。入院してるんですよね」

「一度退院されたけど、また検査入院してね、毎日退屈ですって。まだ三日しかたってないのにね」

　と、涼子が笑って言った。

「どこが悪いんですか」

「過労よ。色んなこと引き受けて、体が参ってらっしゃるのよ」

「そうですか」

さつきは肯《うなず》いた。

「体育祭には何としても出るって張り切っていらっしゃるわ」

「あ、そうか。対抗陸上もあるし、それで今畑山君が毎日残ってるんですね」

「そういうこと。ま、細かいこと以外は中本先生が決めてあるようだけど」

さつきは、あの西島という他の学校の教師を思い出した。

たった二回、目にしただけなのに、名前も顔もすぐに浮ぶのは、畑山がひどく嫌っていたせいだろう。

いや、それだけではなかった。

あの西島は、さつきに誰かを思い出させるのだ。でも、それが誰なのか、さつきには分らなかったのだが。

「——あれね」

涼子は花屋を見付けて、「ありがとう。気を付けてね」

と言った。

「先生、私たちも一緒に行っていい？」

と、弥生が言い出した。

「ああ、そうね。——もちろん、いいわよ。私一人で行くより、中本先生も喜ぶでしよう」

「じゃ、私たちも別にお花を買います。さつき、行くでしょ？」

そう訊かれると、「行かない」とも言いにくかった。

さつきと弥生が少しずつお金を出して、安い花を買う。

涼子は、少し立派な花にしたかったが、思い直した。却《かえ》って、そんな立派な花束なんか持って行ったら、中本の入院が長引くような気がしたのである。

さつきたちを連れて行くことも、一瞬は迷った。しかし、考えてみれば、中本と二人きりで会うのは噂《うわさ》の元になりかねない。

それに、中本の妻が来ている可能性もあった。そのときは、生徒を連れていた方がいいだろう。

いずれにしても、中本の入院はせいぜいあと四、五日で終ることになっていた。

――三人は、病院に着くと受付で病室を訊いた。

廊下を教えられた通りに辿《たど》って行く。

「――さつき、大丈夫？」

と、弥生が言った。

さつきは無口になり、固い表情でじっと足下へ視線を落している。

「朝野さん、帰ってもいいのよ。それとも入口の辺りで座っていれば？」

「いえ、大丈夫です。ただ——私も入院したことがある、と思って。どうしてなのか思い出せないんですけど」

さつきは、見えない壁に囲まれているような気がした。

来るんじゃなかった。

口には出さなかったが、さつきは後悔していたのである。

「あ、中本先生だ」

と、弥生がホッとしたように言った。

「先生！」

と、弥生が手を振ると、中本の方も気が付いて笑顔になって手を上げて見せた。

「——何だ、三人も揃《そろ》って」

と、中本はやって来ると、「市橋先生、色々迷惑をかけて申しわけない」

「いえ、少しも。——畑山君が毎日頑張ってくれてます」

「ああ、じき検査も終って、あと三、四日で退院できるだろう」

「良かったわ。畑山君がいくらしっかりしてても生徒ですから」

「上にお茶を飲める店がある。何か甘いものでもおごろう」

「わあ、ダイエットしてるのに」

と言いながら、弥生は断ろうとしない。

「待っててくれ」

中本は、自分の病室へ入って行った。

「中本先生、具合が悪そう」

と、さつきは言った。

「そう？」

と、弥生はふしぎそうに言った。

市橋涼子は、さつきの言葉を聞いてギクリとした。

涼子も、中本が「元気そうに見せている」と感じたからだ。

弥生が呼びかけて、涼子たちに気付くと、中本は元気そうに胸を張って見せた。しかし、三人に気付く前、パジャマにガウンをはおって歩いて来る中本を見て、涼子はショックを受けたのだった。

そういう格好をしていたせいもあるかもしれない。しかし、中本の体から生気が失われていたのは確かである。

涼子の目には、中本に「老い」の影が射《さ》して見えた。

まさか！——まだ中本は三十四歳なのだ。

でも、涼子は一瞬、中本が「老《ふ》けた」と感じたのである。

「——おい、こっちだ」

中本が出て来て三人を促《うなが》す。

その口調はいつもの中本で、涼子はいくらか安心した。

病棟の最上階は、ティールームになっていて、入院患者が見舞客とお茶を飲みながらおしゃべりする姿があちこちに見られた。

「——先生、入院ってどう？」

と、弥生が訊《き》く。

「退屈だな。特に俺は検査入院で、検査なんか一日に二つぐらいだから、それ以外の時間は暇でな」

「でも、少しやせた？」

弥生の問いに、涼子の方がギクリとした様子で、

「動かないで寝てると、すぐ筋肉が落ちるの。その代り、またすぐ元に戻るのよ」

と、急いで言った。

「へえ、そうなんだ」

「入院なんて、昔スキーで足を折って以来だな」

と、中本は笑って言った。

「ともかく、早く戻って下さい」

涼子は紅茶を飲みながら言った。「体育祭も近いわ」

「リレーの練習は進んでるか？」

「一応ね」

と、弥生が言って、チラッとさつきを見る。

「朝野さんは、リレー、お休みしてもらおうかと思ってるんです。ね、その方が」

涼子の言葉は、さつきを喜ばせたようだった。

「君は走るのが苦手だったな」

と、中本が肯く。

「はい。すみません」

「謝ることはない。人間、一つや二つは、どうしてもできないことがあるもんだよ」

涼子は、中本の言葉に少し意外な感を持った。

中本は、どっちかといえば、

「頑張ればできる!」

と、ハッパをかける方である。

何かが変ったのだ、と涼子は思った。中本の中で、何かが……。

中本はコーヒーを飲んで、

「旨《うま》いな」

と言った。「こういう気分ってのは、いいもんだ」

「やだ。先生、しみじみしちゃって」

弥生がからかうように言うと、中本は少しハッとした様子で、

「そうか。——俺も年齢《とし》かな」

と笑った。「ところで、職員会議で何か新しいことでも?」

「そうですね——」

涼子はメモを持って来ていたので、それを見ながら話をした。

結局、二十分ほどいただろうか。中本が支払いをして、涼子たち三人と一緒に病室へと戻った。

「——色々ありがとう」

病室の見える所まで来て、中本は涼子たちへ言った。

そのとき、病室から誰かが駆け出して来た。

「あなた！　どこに行ってたの！」

「忍。何だ、そんなに騒いで」

と、中本は面食らった様子で、「学校の市橋先生と生徒たちが、見舞に来てくれたんで、上でお茶を飲んでた」

「誰かにひと言ぐらい言って行ってよ！　どこへ行ったか分らないし、帰って来ないし、私、一体何があったのか、心配で……」

忍がこらえ切れなくなった様子で、泣き出してしまった。

「おい、みっともない。——すまんな。もう帰ってくれ」

と、涼子たちへ、「女房は疲れてるんだ。それだけだ」

「あなた……。黙っていなくなったりしないで……。お願いよ」

「分った分った」

中本は、妻の肩を抱くと、「何も心配しなくたっていい。今すぐどうこうってわけじゃないじゃないか……」

と慰めながら、病室の中へと姿を消した。

——涼子と、さつき、弥生の三人はしばらく立ちすくんで動かなかった。

「何なの、あれって……」

と、弥生が言った。「奥さん、どうして泣いたの」

さつきは、ごく自然に涼子の方を見ていた。

涼子は青ざめていた。

さつきと涼子の二人は、どちらも気付いていた。あの、中本の妻の気持のたかぶりが何を意味しているのかを。

「ね、先生――」

と、言いかけた弥生の肩へ手をかけて、

「帰りましょう」

と、涼子は言った。

8　呼びかけた女

「そんなことがあったのか」

と、畑山は言った。

「うん」

さつきは肯《うなず》いて、「病院からの帰り、市橋先生は全然口をきかなかった」

「そうか」

畑山はバスの窓から、流れて行く風景を見ていた。

「——ねえ、畑山君。中本先生、具合悪いんじゃないかな」

「そうだな。さつきはそういう点、勘が働くだろ」

「よく分んないけど……。病気の人の気持って、何となく分るのよ」

そう言って、さつきは少しはにかむように笑った。「そんなの、ちっとも役に立たないね」

「どうして？　そんなことないぜ。元気な奴《やつ》は自分で言いたいことが言える。でも、病人は自分でも自分の病気を信じたくないことだってあるだろ」

「うん……。そうね」

さつきは、ホッとした様子で言った。「ありがとう」

「何が？」

畑山が面食らったように、「俺、何か言ったか？」

「うん」

「そうかな」

何となく二人は笑った。

——学校帰り。珍しく一緒である。

さつきは前の日に見舞に行った中本のことを畑山に話したのだった。

「中本先生、あのとき倒れたのも、普通じゃなかったな」

と、畑山は首を振って、「今、倒れられると痛いよ。高校対抗陸上もあるし」

「そうね。——永田さんにも話す？」

畑山は少し考えて、

「俺からは言わない。女の子たちは、ネットワークがあるだろ。もう知ってるんじゃないかな」

「そうね」

弥生も一緒だったのだ。市橋涼子は口に出さないにしても、弥生がしゃべるのは止められないだろう。

「畑山君、知らないことにしてね」

「どうして？」

「私から聞いたって、すぐ分っちゃう。永田さん、怒るわ」

畑山はさつきの表情を見て、

「永田が何か言ったのか」

「私に？　いいえ。ただ、私、人とケンカしたくないの」

「永田が何言っても気にするな。――別に、何でもないんだから」

「うん……」

と、肯いたものの、さつきは納得した様子ではなかった。

バスは、あと二つほどで、さつきの降りる停留所だった。

乗って来た中年の主婦が、空席を捜して奥の方へ入って来る。

さつきと畑山は、バスの最後尾の席に並んで座っていた。

一つ前の座席に空きを見付けて、その主婦は、やれやれという感じで腰をおろしたが――。

ふと何か思い出したように振り返って、さつきの顔を眺め、

「――あら！　さつきちゃんでしょう」

と言ったのである。

さつきは一瞬びっくりして言葉が出なかった。

「そうよね。さつきちゃんだ。——私のこと、分る？」

「あの……」

「佐々木江美子。ほら、小学校のとき、うちの舞と一緒だったでしょう」

さつきは申しわけなさそうに、

「ごめんなさい。私……」

「ああ、でも——。いいのよ。でも、さつきちゃんには違いないわよね」

「さつき……ですけど」

「そうよね。だって、少しも変ってないもの。中学のときも何度か見てるしね」

畑山が言葉を挟んで、

「この子、朝野さつきっていうんです」

と言った。

「朝野？　倉沢さつきちゃんじゃないの？」

と、佐々木江美子という女の人は驚いたように、「そうか。——そうなのね。じゃ、あの噂《うわさ》って、本当だったの」

畑山はさつきの表情に、怯《おび》えるような色が見えるのに気付いた。

「今は朝野さつきっていって、M学園に来てるんです」

「M学園。——それでこのバスに？　毎日？」

さつきが肯く。畑山はハッとして、

「おい、降りるんだろ、次」

「あ、そうだ」

さつきが腰を浮かす。畑山は下車を知らせるボタンを押した。

「ここで降りるの？」

と、佐々木江美子は言った。「じゃ、元気でね。また会うかもしれないわね」

さつきは黙って会釈《えしやく》すると、立ち上って降り口の方へ行きかけた。

バスがスピードを落とす。

さつきが畑山の所まで駆け戻って、

「一緒に降りて！」

「え？」

「お願い！　私と一緒に降りて」

「ああ。——分った」

バスが停って、扉が開く。

二人はあわてて駆けて行くと、バスを降りた。

バスが走り去ると、

「ごめんなさい」

と、さつきは言った。

「いや、いいけど……。どうしたんだ？」

さつきは黙って歩き出した。家とは違う方向だ。畑山はついて行った。

「――どこに行くんだ？」

と、畑山が訊《き》いても、さつきは答えなかった。

スーパーマーケットの近くにある公園。

買物に来た母親たちが、子供を遊ばせて、ベンチでおしゃべりしている。

「――ごめんね」

と、さつきはもう一度謝った。

「さつき……」

「畑山君、あのままバスに乗ってたら、あのおばさんに私のこと、色々訊いたでしょ？」

「そう……かもしれないな」

畑山は肯いて、「じゃ、それがいやで、俺を降ろしたのか？」

さつきは答えなかったが、目をそらして足下を見た。肯定したのと同じだ。

「何が怖いんだ？」

「分らない。——でも、何か怖いことが隠れてるって分ってるの。知りたくないの。知りたくない」

畑山は、頑《かたく》なにくり返すさつきを見ていたが、

「倉沢って言ってたな、あのおばさん」

「え？」

「名前さ。〈倉沢さつき〉って呼んでたぞ」

「そうだった？　よく憶《おぼ》えてるね、一度聞いただけで」

さつきだって、憶えていないはずはない。だが畑山はそう言わなかった。

「——でも今は朝野っていうんだろ？　倉沢って、誰の姓なんだ？」

「分らないわ。忘れた」

さつきは畑山を見て、「畑山君、私が今の私と違っても、嫌いにならない？」

畑山はじっとさつきを見た。さつきは笑って、

「そんなこと訊くの、変だよね。畑山君は私のこと、特別好きなわけでも何でもないのに」

畑山は空いた左手を伸して、さつきの手を握った。さつきが真顔になって、

「畑山君が好きなのは、永田さんじゃないの」

と言った。

「よせ。――好きっていったって、高校生だぜ。大人同士の恋愛じゃない」

「永田さんは『女』だわ。女として畑山君を愛してる」

「俺は違う。確かに永田と付合ってるけど、縛られちゃいない」

「いいのよ。――やさしくしてくれると、永田さんに叱《しか》られる。私にも当るわ。私、ケンカしたくない」

人と争うことを、ほとんど本能的に嫌っているようだ。――畑山は、安心させようとするかのように、さつきの手を更に強く握った。

「帰るわ」

と、さつきは言った。「送ってくれる？」

「いいよ」

――二人は黙ってさつきの家まで歩いた。

〈朝野〉という表札を見上げて、さつきは、

「倉沢っていったわね、あの人」

「ああ。——何かわけがあるのさ」

畑山はさつきの肩を叩《たた》いて、「気にするな。その内、いつか自然に分るよ」

と言った。

「じゃ、また明日な」

「待って」

さつきはチャイムを鳴らして、少し待ってから、「——出かけてるんだわ、お母さん。ね、ちょっと上って。お茶ぐらい、出せるから」

と、自分の鍵《かぎ》で玄関をあけた。

「でも……いいのか？」

「大丈夫よ。どうぞ」

さつきは、スリッパを出して、玄関の上り口に揃《そろ》えた。

畑山が、居間でぶらぶらと庭を眺めたりしていると、すぐにさつきは紅茶をいれ、盆を手に入って来た。

「私の部屋で飲まない？　ね？」

畑山が返事をしない内に、さつきは居間を出て急な階段を上って行く。

畑山がついて上ろうとすると、

「私が上り切るまで待って！」

「え？」

「熱い紅茶を、頭から浴びせたくない」

「分ったよ」

畑山は笑って、「──もういいかい？」

「はい、どうぞ」

階段の上に、さつきが笑顔を出す。

その笑顔はごく自然な十六歳の笑顔だった。

「──可愛《かわい》い部屋だな」

と、さつきの部屋の中を見回し、畑山は、「どこへ座る？」

「ベッドにどうぞ」

さつきは勉強机の椅子《いす》にかけた。

「──女の子の部屋って感じだな」

カーテンも、シーツやベッドカバーも、可愛い柄である。

「でも、私……何だか落ちつかないの」

と、さつきはティーカップを手に言った。

「どうして？」

「だって私、嫌いなんだもの。このカーテンとか、ベッドカバーとか」

「嫌い？」

「私、こういうの、好きじゃないの。たぶん――私が選んだんじゃないのよ」

畑山は改めて部屋の中を見回すと、

「そうだな。何だか、少女雑誌のグラビアにでもありそうな部屋だもんな」

「ね、そうでしょ？　誰かがそういう写真を指して、『この通りの部屋を作ってくれ』って言ったのよ、きっと」

「それは――でも、君のお母さんが？」

「分らない。気が付いたらここにいたの。気が付いたら、二人が私の前にいて、お父さんとお母さんだよって言ったの」

畑山はじっとさつきを見て、

「じゃあ……」

「いいい、あの人たち、きっと私の本当のお父さん、お母さんじゃない。私、最近そんな気がするの」

「直感かい？」

さつきは首を振って、

「記憶がないの」

「――記憶」

「お母さんに抱かれてた記憶とか、手をつないでどこかへ行った記憶とか。いくら私が昔のことを忘れていたって、何か感覚は残ってると思うの。手のぬくもりとか、涙で濡《ぬ》らした頬《ほ》っぺたとか」

さつきはティーカップを机の上に置くと、ベッドに畑山と並んで座った。

「――私ね、一度お母さんに頼んだの。私が小さいころの写真を見せて、って」

「それで？」

「お母さん、目に見えてあわててた。写真はみんな火事で焼けちゃった、って言ったけど、苦し紛れの出まかせだってすぐ分ったわ。火事の話なんて、出たこともないのに」

「でも、お父さんが働いて、その稼ぎで君は生活してるんだろ」

「たぶん」

「たぶん、って――何かあるのか」

「確かにね、お母さんはご飯も作ってくれるし、洗濯もお掃除もしてくれる。でも、お父さんは何してるのか、よく分らないの」

「毎日出かけて行かないの？」

「行くわ。でも、時間はまちまち。八時ごろ出るときもあるし、九時ごろまで寝て、のんびり起きて来ることもある。——決った時間に出勤してるようじゃないのよ」

「そういう仕事の人もいるけどね」

「うん。でも私、何だか……」

と、さつきは言うのが怖い様子で、口を閉じた。

畑山はあえて訊かなかった。無理に話せと言えば、それはさつきを傷つけるだけだろう。

「ねえ、見て」

と、さつきは自分の部屋の中を見回して、

「好きな歌手のポスターも、カレンダーもない。私が以前、何が好きで、いつもどうしてたのか、何も分らない」

「うん……」

「私、誰かを好きになったこと、あるのかな」

「焦《あせ》るなよ。その内、思い出すときが来るさ」

と、畑山は慰めるように言った。

さつきは、畑山の手にしていた空のティーカップを取って机に置くと、ベッドに座って、

「――私、知りたい」

と言った。

「何を？」

「自分が、男の人を好きになったことがあるかどうか。――愛したことがあったのかどうか」

さつきが思い詰めた眼差《まなざ》しで畑山を見つめる。畑山は戸惑った。

「俺だって分らないよ」

「うん。でも――感覚が憶えてるかもしれない。そうでしょ？　記憶は失《な》くしても、抱かれた感じとか、触った感覚とか……」

さつきはそっと畑山の方へ身を寄せた。

これって――何なんだ？

畑山は、さつきの唇を受け止めていた。

畑山が手を伸してさつきの肩をつかむと、さつきの細かい震えが伝わって来た。

平静を装《よそお》っているだけで、ひどく怖がっているのだ。

「——大丈夫か？」

さつきが肯《うなず》く。

「ここに寝て。——お願い」

二人は、そのままさつきの小さなベッドの上に並んで倒れた。さつきが横向きになって、畑山と間近で向き合った。

互いの息づかいが、その熱が頰《ほお》に伝わって来る。

「私……初めてかな」

さつきの声はかすれていた。「あなたは？」

「俺？」

「永田さんと……」

「そこまでは……」

畑山が指先でさつきの頰をなぞる。さつきはかすかに顔を上げて、その指をくわえた。

そして、思い切ったように畑山を抱き寄せると、

「抱いて。抱くだけでいいから。力一杯、抱いて」

言った自分の言葉に追われるように、畑山の胸に顔を伏せる。

寄り添ったさつきの鼓動が、畑山の胸に伝わって来た。

抱くだけだ。――抱くだけ。

畑山が抱き寄せると、さつきは熱く息をついた。

そのとき、物音がした。

「――誰か下に」

と、畑山は言った。

さつきがハッと離れて、起き上る。

「お父さんだわ」

階下から、

「さつき。――帰ってるのか？」

と、声がした。

さつきは立ち上って、ドアを開けた。

「お帰りなさい」

と、階段の上から、「お友だちが来てるの」

「そうか。母さんは？」

「まだ。いつ帰るか、聞いてないわ」

「分った」

父が居間へ入るのを見て、さつきは部屋へ戻った。

「――もう帰るよ」

と、畑山は言った。

「そう」

「お父さんに、挨拶《あいさつ》して行こうか」

「しなくていいわ」

「でも――」

「酔っ払ってるの」

畑山も、聞いた声の感じで、そうかもしれないと思っていた。

「変でしょう」

と、さつきは言った。「こんな時間からお酒飲んで。ね？」

「うん。――何かあるんだ」

「私、自分自身に起ったことは知りたいと思わないけど、お父さんやお母さんのことは知りたい」

「どういうことを？」

「どんな秘密を抱えて生きてるのか。私のことで。そして……」

少しためらってから、さつきは言った。「本当に私のお父さん、お母さんなのかどうか」

——畑山は、玄関を出た所で、さつきと別れた。

ここを入ったときと今出るときとでは、大きく変っていた。

さつきはずっと畑山を見送っている。

振り返り、手を振りながら、畑山はさつきが自分にとって「特別な女の子」になったのだと感じていた。

バスが来る。

畑山は駆け出した。

9 宣告

「おはようございます」

先生同士、顔を見合せて、

「眠いですな」

「ねえ、朝の三十分は貴重な……」

と言いかけて欠伸《あくび》で中断される。

ふしぎなものだ、と市橋涼子は思った。

予《あらかじ》め分っていれば、早朝の会議もそう苦にならない。前夜に自宅へ電話がかかって、

「明朝、臨時の職員会議です」

と言われ、少し早く床へ入ったのだが、それでもこうして出勤して来るのは辛《つら》い。

「今どき何の話でしょうかね」

「さあ……」

「体育祭でも『君が代』を歌えとか言われるんですかね」

冗談が冗談にならず、何となくみんな黙ってしまう。

「――そろそろ時間だ」

と、誰かが言った。

まだ五分ほどあったが、ぼんやり座っていても、ますますくたびれるばかりなので、みんな会議室へと移動した。

席について、後はザワザワと小声のおしゃべりが続く。

校長が入って来たのは、定刻から五分ほど遅れてのことだった。

「突然のことで、申しわけない」

と、いつもながらの横柄《おうへい》な口調は、外部からやって来た校長だからだ。

「今日お集りいただいたのは……」

と、少し間を置いて、「昨日、体育の中本先生が、突然私の家を訪ねて来られて」

涼子は一瞬、顔から血の気のひくのを感じた。

まさか、中本のことだとは……。

「後はご当人がお話しされるでしょう」

ご当人が？　——涼子は、ドアが開いて、中本が入って来るのを見て、更に息をのんだ。

中本は、薄いジャケットをはおっていたが、明らかに元気がない。

つい数日前、病院で中本を見ている涼子さえそう思ったのだ。他の教師たちの間には一瞬どよめきが起った。

「やせたね」

と囁《ささや》く声も聞こえて来た。

「では、中本先生」

と、校長に促《うなが》され、中本は、

「ずっと寝ているので、立っていると疲れて……。椅子《いす》にかけて話しますので、よろしく……」

と、空いた椅子に腰をおろした。

会議室の中が静まり返る。

この弱り方は普通ではない、と誰もが感じていた。

「ご迷惑をかけて申しわけありません」

と、中本は教師たちの顔を見回した。

その視線は、涼子の上を素通りして行った。

「——検査の結果、私の病気は白血病と分りました」

涼子は体が震え出しそうになるのを、必死でこらえた。

「見舞に来て下さる方もあり、色々噂《うわさ》が広まることは避けられない。それなら、むしろ本当のことを知っていただいた方がいいと考えました。症状は残念ながら軽くないようで、抗ガン剤治療か、骨髄移植しかないと思われます。ご存知の通り、適合するドナーを見付けるのは容易ではなく……」

中本の声は途切れがちになった。

くり返し咳《せき》払いをして、

「──失礼。学校へ迷惑をかけることを考え、本日付で辞表を提出しました。色々ありがとうございました。こうして病院の許可を得て、ひと言ご挨拶《あいさつ》するために外出できて良かったと思っています……」

中本は声を詰らせた。「体育祭や高校対抗陸上を控え、ここを去るのは残念ですが……生徒たちの奮闘に期待している、とお伝え下さい」

誰もが中本と目を合せないようにしていた。ただ一人、涼子を除いては。

「──では、これで」

中本は何とか立ち上ると、「いつか、また……」

と言ったきり、声にならなかった。

そして、そのまま会議室から出て行った。

涼子は反射的に立って、廊下へ飛び出した。

「──大丈夫？　疲れたでしょ」

中本の妻が、夫を車椅子へ座らせ、毛布をかけてやっていた。

涼子の姿に気付くと、夫人は頭を下げた。

涼子も頭を下げ、車椅子の中本が振り向いてくれるのを待った。

しかし、ぐったりと車椅子に身を沈めた中本は、涼子の視線に気付くことなく、そのまま妻の手で車椅子を押されて、去って行った。

体の中の支えを一挙に失ったようで、涼子は膝《ひざ》が震えそうになるのを何とかこらえ、会議室の中へ戻った。

「――では、中本先生の後任が決るまで、とりあえず担任が体育指導に当るということで」

と、校長が話していた。「これで終ります」

「待って下さい！」

涼子は思わず叫んでいた。「提案があります」

「何でしょうか？」

「中本先生に合った骨髄の持主がいないか、全員で調べましょう。職員と生徒全部合せれば、あるいは誰かいるかもしれません」

涼子は居並ぶ同僚たちの顔を見渡して、「生徒たちも、話せば喜んで協力してくれると思います。早速今朝のホームルームで――」

「市橋先生」

と、校長が遮《さえぎ》った。「お気持は大変立派だと思いますが、ちょっと献血をするというのとはわけが違う。生徒の父兄に無断でそんなことはできません」

「でも――適合する人がいるかどうかを調べるだけです」

「もしいたら？　それから両親にお願いするんですか？　まず、どうして勝手にそんな検査をしたか、問い詰められるでしょうな」

涼子はこみ上げる怒りを必死で抑えて、

「では、全員のご家庭に手紙を出します。私が自分でやります。一切学校にご迷惑はかけません」

「市橋先生。もう中本先生はわが校を辞《や》めたんですよ」

「それは……」

涼子は他の教員たちへ、「皆さんだって、中本先生を救いたいでしょう？　あれだけ学園のために尽くして下さったんです。それぐらいのことをしてあげて、何がいけないんですか？」

次第に涼子の声のトーンは上って行った。

誰か——他の教師の間から、誰かが、

「ぜひやりましょう」

と言ってくれる。

涼子は、そう信じていた。

しかし、誰もが涼子と目が合わないように、腕組みをしてうつむき、あるいは天井を意味もなく見上げていた。

涼子は愕然《がくぜん》とした。——こんなにも、人のつながりとは脆《もろ》いものだったのか？

「——どうやら、皆さん、市橋先生のご要望に応《こた》える気はないようだ」

と、校長が冷ややかに笑った。「さあ、もう始業のベルが鳴ります。本来の業務を果しましょう」

すると、誰かが校長に合せるように低い声で笑って、

「市橋先生のお気持は分りますが、ご自分の恋愛沙汰《ざた》を持ち込まないでいただきたいですな」

他の教師たちも笑った。

涼子は凍りついたように立ち尽くした。

校長が席を立って出て行くと、一斉に全員が席を立つ。そして、涼子はたった一人、

会議室の中に取り残された自分を発見して、ただ呆然《ぼうぜん》と、空っぽの机と椅子を眺めていた……。

教室へ入って行くと、すでに生徒たちの間には情報が流れているのだろう、いつになく静かだった。

「——おはよう」

涼子は何とか声に力をこめて、「出欠を取ります」

「先生」

と、畑山が立ち上った。「中本先生のこと、本当ですか」

涼子は、ここで校長に逆らうようなことをすれば、後でどんなことになるか、分っていた。しかし、畑山の問いが涼子の中の思いを一気に溢《あふ》れさせ、それを止めることはできなかった。

今朝の臨時職員会議でのことをすべて話した。そして、

「もう、中本先生はこの学校と関係のない人になりました。でも私は、人間と人間のつながりがそんなものだとは思いたくないの。強制はしません。ただ——お願いするわ。中本先生を救うために力を貸してちょうだい。そう言って、ご両親を説得してほ

しいの」

教室は静まり返った。——こんなにも教室の中が静かになったことなどないような気がした。

しかし、その沈黙は、さっきの職員会議での冷ややかなエゴイズムとは全く別のものだった。

どの生徒も、涼子を真直《まっす》ぐに見つめている。

畑山はもう一度立って、

「僕は協力します。家へ帰って相談する必要なんかありません」

拍手が起った。——初めは二、三人の間で。そして、それはすぐクラスの全員へ広がった。

涙にかすむ目で、涼子は真先に拍手した一人に、朝野さつきがいたことを、気付いていた。

「——ありがとう」

涼子は、拍手がおさまると、手の甲で涙を拭《ぬぐ》って、「でも、学校としては何もしないというのが方針なの。だから、これは一人一人が自発的にやること。それを分ってね」

「他のクラスの奴《やつ》らも誘おう」

と、畑山が言った。

涼子は、あの職員会議で味わった絶望感から救われるのを感じていた。――畑山は、この学園にとっても大切な生徒である。校長もそう厳しく咎《とが》め立てできないだろう。

「一人でも多くの人が検査を受けて、中本先生を救いましょう。――本当にありがとう」

と、涼子は言った……。

「――偉かったわ」

と、さつきは言った。

「よせよ」

畑山は肩をすくめた。「大したことじゃないだろ。別に命がけってわけでもないし」

「それでも、やる人は少ないじゃないの」

昼休み、さつきと畑山は陸上部の部室に来ていた。この時間には誰もいなくて、二人だけになれた。

「市橋先生、嬉《うれ》しそうだった」

「うん。――だけど他の先生たち、ひどいよな」

「腹立てるだけ損よ。そういう人たちなんだわ」

さつきは、やや冷たく突き放すように言った。

「君も――先生を信じてないんだな」

「学校を、よ。――学校は私たちを守ってくれないわ」

さつきは、畑山の方へもたれかかった。

畑山はさつきの肩を抱き、それから二人は唇を合わせた。

タッタッと足音がした。

「誰か来る」

さつきはパッと畑山から離れた。

ドアが開いて、永田由布が顔を見せた。

「ここにいたの。――何してるの、ここで？」

問いは、さつきへ向けられていた。

「話をしてただけだよ」

と、畑山は言った。

「ここは陸上部の部員以外、入ってほしくないわね」

由布の口調は険しかった。

「私、行くわ」

と、さつきは立ち上って、止める間もなく、足早に出て行く。

「――そんな規則、あるのか」

と、畑山は言った。「部員以外、入っちゃいけない？　初めて聞いたぞ」

「私が入ってほしくないのよ」

と、由布は言い返した。

畑山はそれ以上は言わず、

「何か用だったのか？」

と訊《き》いた。

「中本先生のこと」

「ああ。それがどうした？」

「陸上部のみんなに呼びかけるって？」

「当然だろ。あれだけ世話になったんだ」

畑山は、由布の方で目をそらしているのに気付いた。何かあるのだ。

「言いたいことがあるのか」

「私は賛成よ、言っとくけど」

「何だっていうんだ？」

「担任の先生から言われたの。あなたに伝えろって。校長先生が気を悪くするって」

と、由布は言った。「やめておけって」

畑山は由布を見つめた。由布は苛々《いらいら》するように、

「そんな目で見ないでよ！　私が言ってるんじゃないわ」

「分った。——聞いとくよ。だけどやめないぜ」

「そう言うと思った」

由布はじっと床へ目を落として、「あの子の手前？」

「——さつきか？　彼女が何の関係がある？」

「意地になってるから」

「そう見えるか？　俺は中本先生に助かってほしいのさ。それだけだ」

「私だってよ。個人として、参加するわ」

「お互い充分だろ、それで」

畑山はそう言って、「でも——学校って何なんだ？　もう辞めたからって、昨日まで同僚だった先生を見捨てるのか」

畑山の胸に、あの苦い思い出がよみがえって来る。

謝れ！　――謝れ！

あの痛み。殴られた頬《ほお》の痛み以上に、教師に裏切られることへの、心の痛み。

こんなもんさ。――そうニヒルに笑ってすませられれば、どんなに楽だろうか。

「行こう」

畑山が立ち上ると、由布がその腕をつかんだ。「――何だよ」

「あの子と何してたの」

「何もしてないよ」

「嘘《うそ》！　だったら、どうしてこんな所でコソコソ会ってるのよ」

「よせってば。――ほら、もう行かないと」

昼休みの終りのチャイムが鳴っていた。

畑山は由布の手を振り切って、部室を出て行った。

10　尾　行

あれは――。

畑山は、バスに乗って来た女性を見て、誰だっけ、と考えた。

ああ、そうだ。

ここは、いつもさつきが降りるバス停である。

あれはさつきのお母さんだ。――峰子さんっていったっけ。

朝野峰子は、バスの中を奥の方へ進んで来た。そう混んでいるわけではないが、空席はない。

峰子は、人一人座るには少し狭い空きを見付けて足を止めた。――しかし、座っている男の学生と主婦らしい女性、どっちも左右へ詰める気はないらしく――というより、峰子のことに全く気付いていない。

峰子は咳《せき》払いをして、

「もう少し詰めて下さい」

と言った。

言われて渋々という様子で、その二人はお尻《しり》をずらし、峰子はやや強引に割り込んで腰をおろした。

畑山のことは全く見ようともしない。大方憶《おぼ》えていないのだろう。

妙に気になった。

峰子の不機嫌そうな表情。——苛立《いらだ》って、不安そうだ。

何かよほどいやな相手にでも会いに行くというところらしい。

畑山は、ちょっと腕時計を見て、決心した。

後をつけてやろう。

さつきの言葉を思い出していた。

「私の本当のお父さん、お母さんなのかどうか……」

何か分るかもしれない。

——尾行は容易だった。

峰子は、全くそんな用心などしていないし、通学、通勤の人でごった返す駅のホームなどでは、すぐ隣に立つ人の顔だって見てはいない。

峰子は、都心へと地下鉄で出た。

あまり用のなさそうなオフィス街へ出ると、大きな真新しいビルの中へ入って行き、受付に声をかけた。

もう五時を回っているので、退社して行く人の流れで、下手をすると押し流されてしまいそうになる。

畑山は、誰かと待ち合せているふりをして、受付カウンターのそばに立っていた。

「――かしこまりました」

受付の女性が、電話を切って、「この地下一階の〈R〉という喫茶店でお待ち下さい。じきに倉沢が参ります」

と言った。

倉沢。――その名は、あのさつきを知っていた佐々木とかいうおばさんが呼んだ姓である。

何かある。――畑山は、少し間を置いてから、地下一階へと階段を下りて行った。

地階はレストラン街になっていて、いくつも店がある。

〈R〉という喫茶店に入ると、峰子が奥の方の席に座って紅茶を飲んでいた。

畑山は、峰子と背中合せの席についた。

「コーヒー下さい」

と注文して、文庫本を取り出し、パラパラとめくる。

十分ほど待っただろうか。

白髪の紳士が店へ入って来て、峰子の向いの席についた。三つ揃《ぞろ》いのスーツ、重役か社長という雰囲気の老人である。

「ごぶさたして」

と、峰子は愛想良く言った。「倉沢さんもお変りなくて」

「ありがとう」

倉沢という老紳士は、ウェイトレスにレモネードを頼んだ。

「――さつきちゃんは、毎日元気に通学しています」

と、峰子は言った。「今のところ何の問題も――」

「それは結構。何か思い出した様子は？」

「いえ、特に。うまくやっていますわ」

「それならいいが」

と、倉沢は言った。「気になることを耳にしてね」

「はあ？」

「ご主人のことだ。勤めを辞《や》めたそうだね」

「あ……。はあ、ちょっと——事情がありまして」

「どんな事情かね？」

「上の人とうまくいかないとかで……。あの人、カッとなりやすいところがあるんです。困ったもので……」

峰子は笑ったが、ごまかしにもなっていない。

「それで今は？　何をしてる？」

「毎日、仕事を探しに出歩いています。こういうご時世ですから、あの年齢の人はなかなか……。でも、近々決ると思います」

少し間があった。

「——私の聞いている話とは大分違うね」

と、倉沢は言った。「君のご主人は、遅刻、無断欠勤が続いて、しかも酔って出勤して来た。上司が注意すると、怒ってその上司を殴ってクビになったということだったが」

「そんな……。それはあんまりですわ。向うの作り話ですよ」

と、峰子はむきになって言った。

「そうかな」

倉沢は淡々と、「——まあ多少の誇張はあるとしてもだ。辞めてからは、一向に仕事も探さず、パチンコで時間を潰《つぶ》し、昼間から飲んでいるというじゃないか」

「それは……」

「違うかね？」

「あの……そういう日も確かに。でも、なかなか面接さえしてもらえないんです。あの人も、少しやけになっているかもしれませんけど」

「いいかね」

倉沢は厳しい口調になって、「さつきを君らに預けたのは、君らがよく働いて、真面目《まじめ》にやっていたからだ。両親のないあの子に、せめて家庭らしい空気を味わわせてやりたいと思った」

「もちろん、分っています！　一生懸命やっていますわ」

「さつきの養育用に、と君らに払っているお金が、却《かえ》って良くない結果になったようだな」

「倉沢さん——」

「ちゃんと当らせた。君の夫は、このところ全く仕事もせず、働く気もないようだ。

それだけではない。パチンコ店で知り合った連中と、競馬に通い始めている」

「競馬？」

峰子も、これは知らなかったらしい。「本当ですか」

「もちろん、馬券を買う金がいる。最近、預金が引出されていないかね？」

「それは……気付きませんでした」

峰子の声が震えている。

「帰ったら、早速調べてみることだ」

「そうします」

少し間があった。

飲物が来て、倉沢はゆっくりと飲みながら、

「――分るだろうが、私は父親がギャンブルと酒で毎日を送っているような家に、あの子を置く気はない」

「それはもう……。主人にきつく言っておきます」

「私は仕事で、一年の三分の一も日本にはいない。あの子を一人にしておくのは心配だし、可哀《かわい》そうだと思って君らに預けた。しかし、今のような状態では、むしろ一人暮しをさせた方がいいかもしれない」

「ちゃんとやっています！　さつきちゃんも『お父さん』『お母さん』となついてくれていますし」

「だといいがね。――ともかく、ご主人のギャンブルをまずやめさせて、働き口を見付けることだ。いいね」

「はい！　はい、必ず」

「では、もう少し様子を見よう」

峰子は、何度も頭を下げて、店から出て行った。

畑山は胸の動悸《どうき》を抑えるのに苦労した。

さつきの思っていた通り、あの二人は本当の親ではなかった！

でも、なぜこんな変ったやり方を取ったのだろう。――すると、

「畑山君」

と、突然その倉沢という老紳士が呼んだのである。

びっくりして振り向くと、

「畑山啓介君だね」

「――そうです」

「こっちへ来なさい。君にも一度会いたいと思っていたんだ」

わけが分らないまま、畑山は席を移った。

「私は倉沢貞吉。このビルに入っているちょっとした企業の社長だ」

「はあ……」

「さつきと友だちになってくれているそうだね」

穏やかな笑顔だった。

「さつきとは……」

「さつきは私の孫だ」

と、倉沢は言った。

「そうですか……」

「娘の久美子があれの母親だ。父親とは大分前に死別してね。母と娘、二人で暮していた」

倉沢はちょっと腕時計を見て、「君、時間はあるかね?」

「あんまり遅くならなければ……」

「君も高校生だしな。——私は出なくてはならん会合がある。途中の車で話そう」

と、倉沢は立ち上った。

畑山は、ともかく黙って倉沢について行くしかなかったのである。

また一人、帰って行った。

——職員室は閑散として、見回すと、残っているのは涼子一人になっている。

「却って、静かでいいわ」

市橋涼子は、そう呟《つぶや》いて、パソコンの画面を見つめた。

メールを、すでに五十人近い人たちへ送っていた。内容はどれも同じ、白血病の中本のために、骨髄の検査に協力してほしいという呼びかけである。

メールの送り先は、これまで色々な行事やクラブの交流で、中本と付合いのあった他校の教職員が主だった。

この学校内で呼びかければ、校長が何を言って来るか分らない。涼子は、他校の人間に依頼しようと思い付いたのだ。

実際、即座に〈検査を受けてもいい〉という返事が三件も来て、涼子を喜ばせた。

それに引きかえ——この学校の教師たちの冷たさはどうだろう。

校長ににらまれたくない、という思いからだろうか、帰るときに、涼子へ、

「お先に」

のひと言もかけて行かないのである。

涼子は、既に期待するのをやめていた。せめて、自分の努力の邪魔をしないでほしい。

考えてみれば、校長やその取り巻きの教師たちが何も言って来ないのは、ふしぎだった。

涼子も、本当なら学校のパソコンを使いたくはない。ただ自宅にはパソコンがないので、仕方なく使っていたのだ。

いずれ後で――処分はあるかもしれない。

涼子は、辞めることも覚悟していた。それなら、やれるだけのことをやろう。ここまでやれば同じだ。

「ええと……この人は可能性あり、と」

引出しの中の名刺入れに分厚くたまった名刺を一枚ずつ見ながら、このメールを送っていい相手を捜す。

校内の生徒たちからの協力申し出も数十人に上っていた。――きっとあの人は助かる。

涼子はそう確信するようになっていた。

あの人は助かる。助けてみせる。

ケータイが鳴った。

取り上げて、一瞬胸がときめいた。

中本からだ。

「――もしもし」

と出ると、

「もしもし」

女性の声だ。涼子はちょっと戸惑った。

「あの……」

「市橋先生ですね。中本の家内です」

「奥様ですか。どうも、その節は」

涼子は気を取り直した。「あの――ご主人はいかがですか」

「良くはありません」

中本の妻は、どこか突き放すような口調である。

「ご連絡しようと思っておりましたの。ご主人に適合する骨髄の持主がいないかと呼びかけています。生徒、ご主人の知人、職員など、今でも百人近い人がぜひ検査に応じたいと言って下さっていまして――」

「やめて下さい」

と、中本忍は遮《さえぎ》った。

「──何とおっしゃいました？」

「そんなことはやめて下さい。いつ、主人や私がそんなことをお願いしまして？」

涼子は詰った。

「──確かに、奥様にお断りもせずに、みんなに呼びかけたことは、申しわけなかったと思います。でも、何とかしてご主人のために──」

「結構です」

忍の言い方は、誤解のしようのないものだった。

「奥様、それは──」

「あなたに助けてなど、いただきたくありません」

涼子の、ケータイを持つ手が震えた。

「それは……私とご主人とのことを……」

「親切に、知らせて下さった方がいましてね」

と、忍は言った。「主人にも訊いて、確かめました。主人は詫《わ》びて、二度とあなたには会わないと言っています。お分り？」

涼子には分った。

校長だ。——涼子の方ではなく、中本の方へ手を打ったのだ。

「奥様、お願いです。聞いて下さい」

「何も聞きたくありません」

冷ややかに言って、「病院にも来ないで。いいですね」

切り口上《こうじょう》に言って、通話は切られてしまった。

涼子は、汗のにじむ手に、じっとケータイを握りしめたまま、呆然《ぼうぜん》と座っていた……。

11　秘　密

ゆったりとした車内で、畑山は落ちつかなかった。

もちろん、こんな立派な大型車に乗るのなど初めてだ。

倉沢は、車が走り出してもしばらく黙って外を眺めていた。——畑山は待つしかない。

「畑山君」

と、倉沢が畑山の方へ顔を向けたのは、十分近くもたってからだった。

「はい」

「さつきのこと、どう思うね」

畑山は、少し戸惑って、

「どうと言われても……」

「いや、訊《き》き方が悪かった」

倉沢は微笑《ほほえ》んで、「あの子のことで、気が付いたことは？」

「そうですね……。学校って所に、何かいやな思い出があるんじゃないですか。それで、学校に関することはすべて忘れてしまうとか……」

倉沢は肯《うなず》いて、

「君は、さつきのいい友人になってくれているようだ。ありがとう」

「そんなこと……」

と、畑山は口ごもって、「——でも、何があったんですか、あの子に？」

と訊いた。

倉沢の表情が少し重苦しいものになった。

「君は憶《おぼ》えているかね」

倉沢は口を開いた。「去年のことだ。始業時間ぎりぎりに校門へ駆け込もうとした女子中学生が、鉄の門扉《もんぴ》に頭を挟まれて死んだ事件を」

畑山にも、むろん記憶があった。

「ええ、憶えてます。教師が遅刻した生徒を締め出すことになってて、その女の子が入ろうとするのを強引に扉を閉めて……」

「女子生徒は、重い門扉とコンクリートの柱に頭を挟まれ、骨が砕けた。——全く、ひどいことをするものだ。教師は生徒を愛するものじゃないか。それが……」

「僕も頭に来た覚えがあります」

と、畑山は肯いた。「さつきさんが、あの中学校に？」

「そうだ。しかも、あの悲惨な出来事を、目の前で見た」

と、倉沢は言った。

「目の前で？」

「亡《な》くなった子は飯田恵美君といって、さつきが仲良くしていた。あの朝、二人で遅れそうだと急いでいたが、さつきはくたびれて足どりを緩《ゆる》めた。飯田恵美君の方は間に合うから、と言って一人で先に走り出した。——校門が目の前だった。まさか、自分が先生の手で殺されることになるとは、思ってもいなかったろう……」

倉沢はため息をつくと、「悲鳴が聞こえ、さつきが駆けて行くと、飯田恵美君が頭から血を流して倒れていた」

目の前で親友を「学校」に殺されたのだ。——中学生の少女にとって、そのショックはどんなに大きかったか。

「そのせいで……」

「いや、それだけではない」

「というと？」

倉沢は畑山を見て、

「分らんのだよ」

と言った。

「どうしてですか？」

「何かあったんだ。それは間違いない。むろん、その事件のショックはあったろう。だが、それだけではなかった。——事件から三か月して、あの子の母親、つまり私の娘の久美子が自殺した」

畑山は息をのんだ。

「それからだ。——さっきは何度か発作を起し、昏睡《こんすい》状態に陥《おちい》った。そして意識が戻ったとき、あの子は何もかも忘れてしまっていた。祖父である私のことも」

倉沢は外を見て、運転手へ、「駅へつけてくれ。——付合わせて悪かったね」

「いいえ」

車が駅の近くで傍《わき》へ寄せて停《とま》った。

「畑山君」

と、倉沢は言った。「あの子の力になってやってくれ。あの子が過去と向き合えるように。何があったのか、思い出したとき、あの子を支えてやってくれ」

「はい」

「君なら、あの子の気持を分ってくれる」

倉沢はそう言って、微笑むと、「君も中学生のとき、ひどい目にあっているね」

畑山はびっくりした。

「どうしてそんなこと……」

「悪いが、少し調べさせてもらった」

と、倉沢は言った。「気を悪くしないでくれたまえ」

「もちろんです。そんなこと一向に……。僕も学校を信じていません」

「悲しいことだ。——しかし、きっと信じられる人にも出会うと思うよ」

「そうですね。でも、どうでもいいんです。僕は干渉されたくないから」

「その気持はよく分る」

と、倉沢は肯いて、「しかし、いつか君も大人になる。そのときは、一人では生きていけないよ。自分が何者か知るには、他人を知らなければ。他人を知って、他人との違いを知るのが、自分を知るということだ」

倉沢はちょっと笑って、

「妙な説教になってしまった。勘弁してくれ。年寄りは、とかくこういう話をしたがるものだ。自分だって、それを学ぶのにこの年齢《とし》までかかったのにね」

と言った。

「ありがとうございました」

畑山はそう言って、車を降り、ドアを閉めた。

車が動き出し、中で倉沢が手を振っているのがチラッと見えた。

一人になると、何だか夢から覚めたような気持である。

——さつき。

倉沢の話で、さつきが学校のことを何でも忘れてしまおうとしていること、「遅刻」するのを極端に恐れている理由は分ったような気がした。

しかし、それだけではないのだ。

母親の自殺。——それにはどんな事情があったのだろう？

畑山は駅に向って歩き出した。

見付けた。

——さほど歩き回ったわけでもないのに、永田由布《ゆう》はすっかり汗をかいていた。

事務室で朝野さつきの住所を調べるのはそう難しいことではなかった。

しかし、住所だけで家を捜すとなると、いくら頭のいい由布でも容易ではない。それでも、思ったほど苦労せずに〈朝野〉の表札を見付けた。

汗をかいているのは、緊張しているせいだ。さつきに会って、何と言えばいいのか？

玄関の前に立って、由布はためらっていた。

珍しいことだ。——いつも由布は周囲から「しっかりした子ね」と言われて来た。

自分でも、「しっかりした子」を演じるのが快感だった。いつも、歩くときには目的地が定まっており、そこへ行くのはなぜなのか、行ってどうするのかも、ちゃんと承知している。

由布は、「子供らしくない子供」と言われて来た。自分自身、「大人だ」と感じていた。

その由布が、今は朝野さつきに会いに来たというのに、ためらっている。さつきと会って、どうするつもりか自分でもよく分っていないのだ。こんなことは珍しかった。

そして、恐ろしくもあった。自分の気持が自分でコントロールできない。こんな思いをするのは、ほとんど初めてのことだ。少なくとも、よほど小さかったころを除いては。

恋。——畑山への思いと、その大事な畑山を朝野さつきに奪われるかもしれないという切羽詰《せっぱつま》った気持で、由布はここまでやって来たのである。

ためらいながらチャイムを鳴らそうと手を上げたとき、家の中で何かが壊れるような音がした。

そして、誰かの怒鳴る声。

よく聞き取れないが、男と女の怒鳴り合う声のようだ。

由布は、家の脇《わき》へと回って、そっと庭の方へ出てみた。

「——今度やったら、送金を止められるわよ！」

と、女の声。

「止めるもんか。自分の孫の生活費だぞ」

言い返している男は、少し酔っているようだ。

「だからって、競馬なんかに注《つ》ぎ込んで！　何のために、さつきちゃんを預かってるのよ」

「ほんの二、三度じゃねえか」

「通帳を見たわよ！　もう十回もお金を引き出してるじゃないの」

「十回？——そうか？　四、五回のつもりだったけどな」

「とぼけないで！　せっかく、私たちの老後にと思って貯《た》めたお金が、半分以上も消えちゃって」

「付合いってもんがあるんだ」

「パチンコの仲間なんて！——いい？　ギャンブルは一切やめて。仕事をちゃんと捜してよ」

「おい、峰子」

「何よ」

「俺はこのところ働いてない。でも何とか食ってけるじゃねえか。あのじいさんに頼んで、もう少し値上げしてもらって来いよ。そうすりゃ、働かなくても、食うにゃ困らん」

「倉沢さんは頭がいいよ。あんたの考えてることなんてお見通しだ」

「でもな、こっちにゃさつきがいる。何よりの強みだ。何なら、さつき自身に言わせるか」

「だめだめ」

——由布は、そっと顔を出して覗《のぞ》いた。

さつきの両親らしい男女。

いや、そうじゃない。

今、あの女が、

「さつきちゃんを預かってる」

と言っていた。

自分たちの娘を「預かる」とは言わないだろう。ということは、さつきには親がいないのだろうか？

「あんたが働かないで、昼間からお酒を飲んだりしてるのを、さつきちゃんは知ってるのよ」

と、女が言った。

「馬鹿《ばか》言え。ちゃんとさまして帰ってる」

「あんたが勝手にそう思ってるだけ。充分匂《にお》ってるわよ」

「そうか？」

「気を付けてよ。私たちが本当の親じゃないと分ったら、何もかも台なしだから」

「分ったよ。――仕事ったって、ろくなものがないんだ」

「本気で捜すのよ！　それに、向うの人とケンカしたりしちゃ仕方ないじゃないの」

「あれは向うが悪い」

「――どっちでもいいけど、ともかく明日はちゃんと仕事捜しに行って」

「ああ、分ってる」

――どう見てもやる気がない。

立ち聞きしている由布でさえ、男の方は、早く話を切り上げたいだけで、たとえ明日、「仕事を捜しに」出ても、途中で飲むかパチンコでもしようと思っていることが分る。

この二人、何者なのだろう？

そのとき、玄関の方に物音がした。

「ただいま」

さつきの声だ。

「帰って来たわよ！　あんた、二階に行って！　酒の匂いが消えてから下りて来てよ」

「おい、押すなよ！」

「お父さん、いたの」

さつきが居間へ入って来る。

「うん……。今日は仕事が早くひけてな」

「お酒飲んでるのね」

「少しだけだ。──付合いでな。断れないこともあるんだ」

「いいから、二階で少し寝てらっしゃい！」

「おい、押すなってば……」

由布は、そっと玄関の方へ戻った。

さつきは、あの二人を親だと思っている。

「面白い……」

と、由布は呟《つぶや》いた。

今日、ここへ来たかいがあったというものだ。

今日はこれで帰ろう。——由布は、さつきの家を後にした。

こんな秘密を握ったのだ。さつきに対してどう使うか、じっくり考えよう。

由布の足どりは、軽くなっていた。

12 リハーサル

「明日は雨だ、きっと」

と、名取弥生が空を見上げて言った。

「どうして？」

と、さつきが訊《き》く。

「心がけの悪いのが揃《そろ》ってるから」

「また」

と、さつきは笑った。

――十月、秋空はみごとに澄んでいた。

明日、体育祭の本番を控えて、今日は開会式の入場行進のリハーサルである。

「午前中で授業が終ったのは嬉《うれ》しいけど、日焼けしちゃうね」

と、弥生が顔をしかめる。「私のデリケートな肌には、この日射《ひざ》しは強すぎる」

本当に、今日が体育祭当日なら最高と思える晴天。

しかし、まだみんな教室の中で待機している。

「――サイレンが鳴ったら、グラウンドへ出ます」

と、市橋涼子が言った。

涼子も白いスポーツウェアである。

「いいですか。みんな、ダラダラしないで、きびきびと動いて、素早く出るのよ」

涼子の言葉に、みんな分ったように、口の中で、「ハーイ」と言っているが、やるかどうかは別。

「――畑山君だ」

と、弥生が言った。

さつきはグラウンドへ目をやった。

畑山たち、陸上部の者は教師を手伝って準備をしている。

遠く、スラリと足の長い畑山が、軽やかに駆けていくのを見ながら、さつきは頰《ほお》づえをついていた。

もちろん、準備も「リハーサル」があるわけで、明日、本番でまごつかないように、手順などの確認をしているのだ。

遠くで、畑山が手を上げるのが見えた。

そして、うねるようなサイレンが学校全体に鳴り響いた。

「はい、外へ出て！」

涼子がポンと手を打った。「はい、ぐずぐずしないで、てきぱきね」

ガタガタと椅子《いす》が音を立て、全員が教室を出て行く。

しかし、廊下へ出ると、すぐに数人がのんびり歩き出し、たちまち渋滞は「おしゃべりしながら、のんびり行く」子たちを量産した。

「ほら、つかえてるわよ！　さっさと行って！」

涼子は苦笑して、「こうなったらだめね」

さつきや弥生たちは、何となく涼子と一緒に、ゾロゾロと出て行く列の後尾についた。

「——何回やってもこれね」

と、涼子が苦笑する。

「今日、走ったりするんですか？」

と、さつきは訊いた。

「今日は行進だけよ」

「そうですか」

さつきはホッとした。

校舎を出ると、爽《さわ》やかな風が抜けていく。

さすがに、広いグラウンドへ出ると、みんなゆっくりとではあるが、走り出した。

「——気持のいい日ね」

と、涼子は言った。

「先生」

さつきが言った。「中本先生のこと、どうなったんですか？」

涼子が胸をつかれた様子で、辛《つら》い表情を隠そうとするかのように、空を見上げた。

「先生……」

「むだな努力だったわ」

と、市橋涼子は言った。

「でも、学校でも大勢——」

「ごめんなさい」

涼子はさつきの言葉を遮《さえぎ》って、「私にはどうすることもできないの」

さつきは、少しの間涼子を見つめていた。

「——奥さんですね」

さつきの言葉に、涼子が驚いて足を止める。

「中本先生の奥さんですね」

さつきの直感の鋭さに、涼子は目をみはった。

「ええ。——奥さんに、誰かが知らせたのよ。私と中本先生のことを」

さつきは、それを聞いて、小さく肯《うなず》いた。

「おい、急いでくれ！」

という声に、さつきと涼子は足どりを速めた。

「そこ、ちゃんと並んで下さい」

と、畑山が列のわきを小走りに駆け抜けて行きながら注意した。

「はーい」

と、女の子たちの返事。

担任の男の教師が、

「俺が何言っても聞きもせんし、返事もしないくせに」

と、口を尖《とが》らした。

とたんに女の子たちから、

「先生、足の長さを比べてごらんよ！」

という声が飛んで、大笑いになった。

——さつきは、畑山が汗を額に光らせながら走って行くのを眺めていた。

まだ一年生の畑山の言うことを、上級生の女の子たちが素直に聞いているのはおかしかったが、それは単に畑山が「すてきだから」だけじゃないだろう。

生徒たちは知っている。中本先生を救おうと呼びかけた涼子に対して、校長がどんな態度を取ったか。そして、先生たちも校長の顔色をうかがって、涼子に話しかけないということ。

そんな先生を、どうやって「尊敬しろ」と言うのだろう。

そんな中で、任されたことを精一杯こなしている畑山が、輝いて見えるのは当然のことだ。

「大人には大人の事情がある」

それも確かだろう。でも、「大人には大人の責任もある」のではないのか。

「――さ、前に出て」

涼子が呼びかけると、クラスの子たちはゾロゾロと進んで行った。

「入場行進開始」

と、マイクを通した声がグラウンドに響く。

一年生から順番に、入場行進が始まった。

「日に焼けちゃう」

と、まぶしげに太陽を見上げて、文句を言っている子もいた。

「――はい、次よ」

と、涼子が声をかけると、クラス全体、いつもよりは真面目《まじめ》に並んで、出番を待つ。

そのとき、弥生がさつきをつついて言った。

「校長よ」

校長がブラリとやって来た。リハーサルに参加するという格好ではなく、いつもの背広のまま。

「ご苦労様ですね」

校長が涼子に話しかけた。

涼子は黙って会釈《えしゃく》すると、生徒たちの方へ、

「ちゃんと、音楽を聞いてね！　リズムを取って歩くのよ」

「市橋先生は、生徒たちに信頼されているようだ」

校長の言い方には、どこか人を苛立《いらだ》たせるものがあった。

涼子は、あえて聞こえないふりをした。それに、実際、もう出番は間近だ。

「——行くわよ」

と、涼子が合図をする。

クラス全体が一斉にリズムに合せて歩き出した。

「頑張って下さい」

と、校長が声をかけた。「最後の体育祭は、きちんとやりたいでしょう」

涼子は校長の方を振り向いた。しかし、もう校長は、涼子へ背中を向け、両手を後ろに組んで歩き出していた。

生徒たちが顔を見合せる。

「真直《まっす》ぐ前を見て！」

涼子は大声で言った。「よそ見しないで。ダラダラしないで、しっかり歩いて！」

歩調がリズムを取り戻した。

「──先生、辞《や》めるのかな」

と、弥生が言った。

「そんなこと、ないでしょ」

さつきは首を振った。

校長のいやがらせなのだ。これで、もう「市橋先生、辞めるんですって」という噂《うわさ》が立つだろう。

卑怯《ひきょう》だ。

辞めてほしければ、「辞めてくれ」と言えばいい。それを、こんな遠回しに──。

でも、そんなことで動揺してはだめだ。

さつきは、ことさらに一歩ずつ、歯切れのいい足どりでグラウンドを一周したのだった……。

13　その日

朝の風が窓から入って来た。

中本は目を開けて、もうすっかり明るくなった窓の外を眺めた。といっても、ベッドから見える風景は限られた範囲のものでしかない。

「おはようございます」

看護婦の爽《さわ》やかな声が廊下に響く。

中本は感心する。入院してみて、看護婦という仕事がいかに過酷なものか、初めて知った。

もし自分が同じだけの仕事をしたら、朝、あんなに爽やかな声で挨拶《あいさつ》できるだろうか？

――病院にいると、「時間」での暮しに慣れる代り、「日付」は忘れてしまう。

朝食、検温、回診、検査……。

すべてが「時間」単位でくり返される。

その代り、今日で何日入院しているのか、分らなくなるのだ。

あいつが見舞に来てくれたのは、いつだったか。昨日か。一昨日か。いや、もっと前だったか……。

そのとき、ドン、ドン、という破裂音が中本の耳を打った。

ハッとして、窓の外の青空へ目をやる。

白い煙が、ゆっくりと風に流れていくのが見える。

今日は——体育祭だ。

「運動会だな」

と、同室の患者が言った。「小学校があるでしょ、この裏に。——去年も聞いた。もう一年たつんだ」

「聞こえますか」

と、中本は訊《き》いた。

「ええ。ワーワーキャーキャー、にぎやかでね。でも、子供はああでなくちゃね。ゲームばっかり黙りこくってやってるんじゃ、ちっとも子供らしくない」

中本の前に、まるで現実の風景のように、その有様が浮んだ。

はしゃぎ、飛びはねる子供たち。お弁当を手に、早く行っていい場所を取ろうと急ぐ親たち。

その幻の光景は、激しく中本の胸を揺さぶった。

今日は体育祭だ。俺の体育祭だ。

中本はベッドに起き上った。


午前の部も、そろそろ終りに近付いていた。

「――いない人は？　みんな、隣の人がいるか確かめて」

と、涼子は言った。

冗談でなく、いつの間にか空いた教室で居眠りしてる子がいたりするのだ。

「もうすぐリレーよ！　分ってるでしょうね！」

――クラス全員の参加するリレーは午前の部のラスト。

本当の体育祭のハイライトは、選抜のリレーで、これは足の速い子だけ。プログラムの最後に置かれて、いつも一番盛り上る。

少し不安げにしているさつきの方へ、涼子は微笑《ほほえ》みかけた。

「朝野さんは休んでていいから。でも、ここに一人でいても目立つでしょ。一応スタート地点まで一緒に行って」

「はい」

さつきは、ホッとした表情になった。

「――市橋先生」

と、事務の女の子が呼びに来た。

「はい」

「本部へいらして下さい」

「何かしら」

「さあ……。ただ、呼んで来てくれとしか――」

「分ったわ」

涼子は、出場するので急いで戻って来た畑山へ、「後、お願いね。もし私がいなくても、スタート地点へ誘導して」

「はい」

畑山は汗を拭《ぬぐ》いながら言った。

涼子は本部のテントへと駆けて行った。

「――ああ、市橋先生」

教頭が手招きした。──生気のない男で、トレーナー姿が哀れなほど似合っていない。

「何か？」

「校長からね、伝えるようにって」

「何でしょう」

「転校生には必ず走らせるように、ってことでしたよ」

涼子は面食らった。

「朝野さんは特別な事情があります。それを承知で、転校を受け入れたんでしょう」

と、涼子は言ったが、教頭は肩をすくめて、

「校長がそうおっしゃってるんで」

「校長先生とお話させて下さい」

「無理ですよ。今、理事の方々のお相手をなさってるんで」

涼子は、教頭の面白がっている目つきをはねつけるように見返して、

「分りました」

と答えた。

クラスの所まで戻ると、ちょうど全員が立ち上って、スタート地点へ移動するとこ

ろだった。

「行きましょう」

涼子が促《うなが》して、畑山を先頭に全員が歩き出す。

「──朝野さん」

と、涼子は呼んで、少し列から離れると、「校長がね、あなたにも、どうしても走らせろって」

さつきが涼子を見た。

「──出るんですか」

「ごめんなさいね。私のせいだわ。あなたにまで、とばっちりが……」

と、涼子は言った。

「いえ……。でも、私、走れません」

「いいわ。歩いてもいい。悪いけど、出てちょうだい」

「はい……」

──リレーの中で、さつき一人が走らずに歩いたら、当然他のクラスに勝てるわけがない。

いつもは「少し変ってる」と見られているくらいのさつきだが、「さつきのせいでリレーに負けた」となると、クラスの中でさつきは孤立しかねない。

それが分っているだけに、涼子は辛《つら》かったのである。

列に戻ったさつきは、弥生の問いに短く答えていた。

涼子の中に、やり切れない怒りが渦巻いていた。

確かに、涼子が中本と関係を持っていたことは、ほめられたことではないだろう。しかし、それは個人の問題ではないか。

校長がそれをどう思おうと、涼子にはどうすることもできない。しかし、担任のクラスの生徒にまで、その「報復」を及ぼすのはフェアとは言えない。

やっと学校へ来ることに抵抗がなくなったように見えるさつきが、このことでまた学校を恐れるようになるのではないか。涼子はそれが怖かった。

これが、「教育者」のすることか。校長は単なる「管理職」に過ぎなくなってしまった……。

――スタート地点に着くと、みんな少し落ちつかなくなる。

どんなに「関係ないよ」と白けて見せる世代でも、いざここに来ると緊張するものなのだ。

「先生」

畑山がやって来た。「何かあったんですか？　朝野君が真青になってます」

涼子の話を聞いて、畑山は唇を固くかみしめた。

「——私のせいで、こんなことになって。申しわけないわ」

と、涼子は言った。

「先生」

と、畑山は言った。「朝野君は、あ、あ、あの事件のせいで……」

「あの事件？」

畑山は、遅刻しそうになって駆けて来た女生徒が、門扉《もんぴ》に挟まれて死んだ事件のことを説明した。

「——そうだったの」

「彼女は、それを目の前で見たんです。だから走れないんです」

涼子は肯《うなず》いて、

「分ったわ」

「無理に走らせたら、また……」

「分りました。——私が代りに走るわ」

「先生が？　でも——」

「校長先生がどう言おうと、済んでしまえばこっちのものよ。――でも、私も遅いわよ。畑山君、頑張ってね」

畑山は笑顔になって、

「はい！」

と肯いた。

「朝野さんにそう伝えて。安心してってって」

「分りました」

畑山が足早にさっきの所へ向った。

涼子はグラウンドを見渡して、深々と息をついた。

「次は、クラス対抗リレーです」

と、アナウンスが告げる。

そのときだった。生徒の中から、

「あれ、中本先生じゃない？」

「本当だ！　中本先生！」

と、声が上った。

涼子はハッとした。――まさか！

「ね、先生、あそこ」

先頭の子が指さす方へ目を向けると、杖《つえ》をついた中本が、ロープの所に立って、空いた左手を振っている。

やつれた姿ではあったが、笑顔だった。

涼子は、駆けて行きたかったが、そんなことをすれば校長や他の教師の目につくのは間違いない。

「リレー、スタートです」

と、係の子が呼びに来る。

「はい」

涼子は気を取り直して、「じゃ、行くわよ！」

と、声をかけた。

リレーは、グラウンドを半周ずつ走る。

クラスは半分ずつに分れて、それぞれスタート地点で待機していた。

走り始めれば、たちまち順番は来てしまう。

「私が代りに走るから、心配しないで」

と、涼子はさつきの肩を軽く叩《たた》いた。

「はい」

さつきは肯いたが、表情は固くこわばっている。

「私も、駆けるのはだめなのよ。途中で転ばないように気を付けなきゃ」

と、涼子は言って笑った。

中本が見ていてくれる。——それが涼子に勇気を与えた。

「向うのスタート地点には畑山君がいるから、最後で頑張ってくれるわ」

涼子は、グラウンドの向う側の方へ手を振った。

「——さ、次だ」

涼子は立ち上った。涼子たちは三番目だった。まだそう差はついていない。

畑山の側の子がバトンを受け取ってスタートする。涼子はトラックへ出て行こうとした。

不意に、さつきが涼子の腕をつかんだ。

「先生。——私、出ます」

「え？　でも……」

「大丈夫です。出ます」

さつきは、青白い顔で、それでもしっかりした足どりでトラックへ出て行った。
一位、二位のクラスの子がバトンを受け取って駆け出して行く。
「さつき！」
駆けて来た子が真赤な顔で差し出したバトンを、さつきは受け取った。
――畑山は、さつきがトラックに出るのを見て、思わず立ち上っていた。
バトンが渡る。
さつきはバトンを握りしめると、走り出した。
ゆっくりとした足どりから、少しずつスピードが上って行く。
走った。――さつきは走っていた。
「さつき！　頑張れ！」
と、叫んだのは弥生だった。
先に走り終えて、汗が顔を光らせていた。タオルを振りながら、
「さつき！」
と、飛びはねるようにして応援する。
畑山は胸が熱くなった。
他の子にとっては何でもないことだろうが、さつきは、闘っている。自分自身と闘

っている。

さつきは、カーブも無事に曲り切ると、必死に駆けて来た。――決して速くはないが、しかし、前の子との間を詰めさえした。

「いいぞ、行け！」

次の子がバトンを受け取って駆け出すと、二位の子を追い抜いた。歓声が湧《わ》く。

「――大丈夫？」

弥生が、さつきへ駆け寄った。

さつきは、激しく喘《あえ》ぐように息をすると――そのままトラックの上に倒れ込んでしまった。


「――目を開けた」

と、誰かが言った。「大丈夫ですか？」

「貧血だ。しばらく寝ていれば良くなる」

さつきは、ゆっくり呼吸をした。

「分るか？」

畑山が覗《のぞ》き込んだ。

「畑山君……」

「今、昼休みだ。後でみんな来るよ」

「見られたくない……。恥ずかしいわ」

と、さつきは小声で言った。「私……気を失ったの？」

「ああ。でも、走ったな。みんな拍手してた。聞こえたか？」

「それどころじゃなかった……」

「そうか」

「先生のために……走ったんだもの」

「何だ。俺のためかと思った」

さつきが、ちょっと笑った。

「膝《ひざ》、すりむいた！」

と、大げさに騒ぎながら入って来た子がいて、養護教諭は笑いながら診《み》ていた。

「——中本先生」

と、さつきは言った。

畑山は振り向いた。

中本が保健室へ入って来た。杖をついて、それでもしっかりした足どりだった。

「先生――」

「速かったな。最後の選抜リレーも頑張れ」

「はい」

中本は、さつきのそばへ寄ると、

「よく走ったな」

と言った。

「走るのは……嫌いです」

「うん。だからこそ、偉かった。市橋先生のために走ったんだろ?」

「はい」

「ありがとう。俺からも礼を言う」

中本はそう言って、さつきの手に自分の手を重ねた。

ドアが開いて、

「あなた」

――中本の妻が立っていた。

「忍か。もう帰ろうと思ってたところだ」

「こんな所へ……。だめじゃありませんか」

と、忍は入ってくると、「タクシーを待たせてあるわ」

「ちゃんと医者の許可を取って来たんだぞ」

「いくら言っても聞かないって、苦笑いしてらしたわ。さあ、戻りましょう」

と、夫を促《うなが》す。

「ああ。――ゆっくり休めよ」

中本はさつきに声をかけた。

さつきが体を起こした。

「先生」

「何だ？」

「また来て下さいね」

「ああ、しかし……もう、俺はここの教師じゃないしな」

「行くのよ」

と、忍が促す。

「じゃあ……」

と肯いて見せ、中本は忍に腕を取られて、保健室を出た。

突然、廊下にワーッと声が上った。

さつきがびっくりして、畑山と顔を見合せる。

さつきがベッドから降りて、畑山に支えられながら廊下へ出ると、数十人——いや、百人近い生徒たちが、中本を取り囲んでいた。

「先生、最後まで見てって！」

「ちゃんと送別会しなきゃ」

二年生、三年生も、中本の体に触りながら口々に、

「先生！　先生！」

と、声を上げていた。

「おい。——突然持ち上げるな。いつも、ろくに言うことを聞かなかったくせに」

と、中本が笑って言った。

「悪いけど、もう病院へ戻らなきゃならないの」

と、忍が大きな声で言った。「さあ、もう通してちょうだい」

生徒たちが、何となく静かになって少し退《さ》がって行く。

さつきは、畑山の手を押しやると、

「待って下さい」

と、進み出て言った。「——待って下さい」

「まだ何か用？　主人はね、具合が悪いの」

「奥さんのものじゃありません」

「何ですって？」

「先生は、奥さん一人のものじゃありません」

と、さつきは言った。「私たちの『先生』なんです。私たちにも、先生のためにできるだけのことをする資格があります」

「朝野──」

「先生が死んだら、悲しいのは奥さんだけじゃありません。私たちだって泣くんです。一日でも長く生きていてくれなくちゃいけないんです」

忍が青ざめて、

「縁起でもないことを──」

と言いかけた。

「奥さん」

生徒たちが左右へ割れた。

涼子が立っていた。

「あなたとお話するようなことは──」

と、忍ははねつけるように言おうとして、言葉を切った。

涼子は廊下の床に膝をつくと、

「私のことを、どんなに恨まれても、憎まれても構いません」

と言った。「でも、ご主人のために、力になりたいとおっしゃって下さっている方々は、本当にご主人のことを案じているんです。私のせいで、その方たちの気持まで拒まないで下さい」

「もう放っといてと言ったはずよ！」

忍は叫ぶように言った。

「お願いです」

涼子は、両手をついて頭を下げた。

「帰るのよ！」

忍は、夫の腕をつかんで、行きかけた。

さつきが、いきなり駆け出すと、二人の前へ立ちはだかった。

「どいてちょうだい！」

「奥さんは間違ってます」

「何ですって？」

「私の友だちは、私の目の前で死んだんです。十五歳で、死ななくても良かったのに、学校の門に挟まれて死んだんです」

聞いていて、畑山はハッとした。――さつきは思い出したのだ。

「私たちは、中本先生に、生きていてほしいんです。奥さんは、私たちみんなを憎んでるんですか？」

青白かったさつきの頰《ほお》に、今は血の色が燃えていた。

忍が唇を震わせて、

「病院へ戻るの」

と言った。「そこをどいて」

さつきは動かなかった。

忍は夫を引張るようにして、さつきの脇《わき》を回って、廊下を歩み去って行った。

「――送って行こう」

と、誰かが言った。

生徒たちが一斉に後を追って行く。

後には――床に正座した涼子と、立ちすくむさつきと畑山の三人が残っていた。

「お昼休みはあと五分です」

というアナウンスが、校舎の中にも響いた。

14　長い午後

病院へ帰る道は渋滞していて、タクシーはノロノロとしか進まなかった。

中本と忍は、じっと押し黙っていたが、それは微妙に質の違う沈黙だった。

中本は、久しぶりに外出したこととの疲れもあったのか、軽く目を閉じている。時折、目を開けて、今どの辺りを走っているのかと見ていた。

忍の方は、何も言わない夫のことが、それ故《ゆえ》にこそ重く感じられたのだろう、今にも爆発しそうなのをじっと抑えつけている沈黙だった。

「——この先の交差点を抜ければね」

と、運転手が言いわけがましく言った。

後部席の張りつめた空気が、運転手にも伝わるのだろう。

「ええ」

と、少し間の抜けた感じで、忍が応じる。

何か返事をしなくては悪いような気がしたのだ。

「だけど、運動会にゃ、もって来いのお天気ですね」

お愛想のつもりで言ったのだろうが、忍にとっては、今一番聞きたくない言葉を聞いてしまった。

「――あなたは卑怯《ひきょう》よ」

と、忍が言うと、中本は当惑したように妻を見た。

「何だい、急に」

「あんな生徒たちに見送られて喜んでる。涙ぐんだりして」

「それがいけないか」

「そうは言ってないわ」

「長いことやって来た教師生活だ。もう二度とあの子たちの顔を見ることもないだろうと思うと、つい泣けて来たんだ。――涙もろくなったな。病気のせいだ。そうピリピリしないでくれ」

「誰もピリピリしてなんかいないわよ！」

忍の声は上《うわ》ずっていた。

中本は何も言わず、目を閉じた。

タクシーがやっと信号の所まで達した。しかし、そこで赤信号。

「――あなたはどうしたいの？」

と、忍が言った。

「何の話だ」

「あの人が――女の先生が、骨髄の検査をしてほしいって呼びかけたことよ。その中に適合する人がいるかもしれない」

「儚《はかな》い夢だな」

と、中本は笑った。「いや、俺はもう誰にも迷惑をかけたくない。静かに、忘れられて死んでいきたい」

忍は黙っていた。――固く唇をかんで、じっと前方を見つめている。

中本は忍を見て、

「――信じないのか。本当だ」

「それがあなたの仕返しなの？」

「何だって？」

「あなたを救えたかもしれないのに、私が拒んだせいで、助からなかった、と。私がずっとそうやって自分を責め続ければいいと思ってるの？」

「そんなことは……」

「私はいやよ。やれるだけのことはやったって、自分で納得したい」

「お前は充分なことをしてくれたよ。俺が好き勝手をしすぎたんだ。人間、楽しい思いをするには、何か代償を払う必要があるよ。なあ」

と、中本は言った。

「楽しい思いね。――あの人とのことは、そんなに『楽しい思い』だったわけ？　命と引き換えにしてもいいくらいに」

「おい……。勘弁してくれよ。そう言われちゃ、どうにも言いようがないじゃないか」

「やめてよ。たかが先生同士の浮気を」

「よせよ」

中本は、運転手に聞こえるのを気にして首を振った。

もちろん、運転手が聞き耳を立てていないわけはない。人の家のもめごとくらい、聞いていて面白いものはないだろう。

「――いいわ。分ったわよ」

「何が分ったんだ？」

「あの先生や、生徒たちのしたいようにさせてあげるわ」

と、忍は言った。


午後の時間は、ことさらにゆっくりと過ぎて行った。

他ならぬ教師の市橋涼子が、「早く終ってほしい」と願っていたのだから。

カラリと晴れた空も、午後には少しずつ雲が出て、風も強くなり、時には肌寒く感じられた。

「――市橋先生」

と、事務の女の子がやって来たのは、二時を回って、そろそろ最後のリレーの準備をしようかというときだった。

「はい？」

「お電話が事務室に」

「あ、そう。――何かしら？」

事務の子は何も言わずに肯《うなず》いて見せた。

中本だろうか？

「畑山君、ちょっとお願い。リレーまでには戻るから」

と言っておいて立ち上る。

校舎へ入ると、先に立っていた事務の子が、

「中本先生の奥さんです」

と言った。「さっき──お昼休みのこと、見てました」

「そう」

「私、市橋先生や朝野さんの言うことが正しいと思うな」

「ありがとう」

涼子は微笑《ほほえ》んだ。

「入口の所の電話で、〈3番〉を押して下さい」

事務室へ入り、電話に出るときは緊張した。

「──お待たせしました。市橋でございます」

「中本の家内です」

声は淡々《たんたん》としていた。

「先生は大丈夫でしょうか？　お疲れになったでしょう」

少し間があって、

「市橋さん。あなたの好きにして下さい」

「好きに……」

「主人に骨髄を提供できる人がいたら、喜んでいただきます。たとえ、あなたでも」

涼子の手が震えた。受話器を両手で支えなくてはならなかった。

「奥様……」

「その代り、あれだけタンカ切ったんですから、きっと見付けて下さいよ。後で、私が主人を死なせた、なんて言われちゃかなわないわ」

「ありがとうございます！　全力を尽くします」

「そうして下さい。主人は元気ですよ。学校に行ってる方が、病院にいるときよりも調子がいいみたい。——あなたがいなくてもね」

「先生は、本当に生徒たちがお好きでした」

「あの子——何だか少し変った女の子にも、そう伝えて下さい」

「はい。ご連絡します。きっといいお知らせを……」

「よろしく」

無愛想に、電話は切れた。

涼子の目に涙が浮んだ。

「——大丈夫ですか？」

と、事務の女の子が訊《き》く。

「ええ。——ええ、大丈夫」

涼子は涙を拭《ぬぐ》うと、「リレーが始まっちゃうわ。戻らなくちゃ」

と、あわてて駆け出したのだった。


「お疲れさま」

と、みんなが声をかけて行く。

畑山は面倒くさげに手を上げて見せるだけだった。

「長い一日だったわね」

と、涼子が言って、教室の空いた椅子《いす》に座った。

椅子はいくらでも空いている。もう、ほとんどの生徒は帰ってしまっていた。

「畑山君、ありがとう」

と、涼子は言った。「あなたもね、朝野さん」

さつきも、もう着替えて、自分の席にかけていた。

——体育祭は終った。

最後のリレーでは、畑山が二人のランナーを抜いて優勝した。グラウンドが大いに沸《わ》いた瞬間だった。

「校長先生は面白くなかったみたい」

と、さつきは言った。「最後の挨拶《あいさつ》が、凄《すご》く短かかった」

「そうね」

涼子は笑って、「無理して笑ってたわ。ああいう人には、自分に反抗的な人間が勝つなんて、許せないことなんでしょうね」

「でも、勝った。先生もね」

と、さつきが微笑む。

「勝ち負けじゃないわ。奥さんも中本先生を愛してたってことよ」

涼子は、教室に残った畑山とさつきに、中本の妻からの電話について話したのだ。

「これからが大変だわ。——適合するかどうか、検査を受けてもらわなきゃならないし、もっと大勢の人に呼びかけるわ」

「手伝うことがあったら、言って下さい」

と、畑山は言った。

「ありがとう。生徒の中で申し出があれば、その気持を活《い》かしたいと思うわ」

「一人でも多い方が、見付かる可能性も高くなりますよね」

と、さつきの目が輝く。

「これで、先生が助かってくれたら……」

と、涼子は呟《つぶや》くように言って、「──さつきさん」

と、名の方を呼んだ。

「ありがとう」

さつきは黙って、それでも嬉《うれ》しそうに首を振った。

「──もう帰ろう」

と、畑山が立ち上る。

「お疲れさま」

涼子は、二人に手を振った。

さつきと畑山は、教室を出た。

校舎を出て、夕暮れの気配が近付く、まぶしさを失った青空の下、黙って歩いて行く。

風が頬《ほお》をなでた。汗が乾いたままの肌に、風は爽《さわ》やかだった。

「──私、思い出してた」

と、さつきは言った。「でも、考えないようにしてたの。思い出したくなくて、自分で抑えつけてた」

「門に挟まれて死んだ子のことか」

「うん。——私の友だちだった。目の前で、あの子は死んだの。いいえ、殺されたの」

「辛《つら》かったろうな」

さつきは、黙って首を振った。

「今日は、よく走ったな。頑張ってさ」

「でも、貧血起した」

「当り前さ、突然走りゃ。——少しずつ、走ってみろよ。な」

さつきは、畑山を見て、

「うん」

と肯いた。

校門を出る。——もう、生徒は誰もいない。

二人は何となく手をつないで歩いた。

子供みたいだ、と畑山は思ったが、今は少しも照れずにさつきの手を握っていられた。

「私——」

と、さつきが言いかけた。

「何だ?」

「また、貧血起しそう」

「え?」

さつきが畑山を引き寄せて、伸び上ると、唇に唇を触れた。

畑山も赤くなった。

「俺の方だよ、貧血起しそうなのは」

さつきが声を上げて笑った。

二人が弾むような足どりで帰って行くのを、永田由布がじっと見送っていた。

走ったのに。私も必死で走ったのに。

あなたのために走ったのに。

由布の目に涙が浮んだ。

「——黙ってるもんですか」

と、由布は呟くように言った。「黙って、畑山君をとられちゃいないわよ」

しかし、今はまずい。

由布が何を言っても、畑山はさつきをかばうだろう。今、さつきに何かするのは逆効果だ。

——今に見てなさい。

由布は、二人の姿が見えなくなっても、なおその場に立って、視線が二人まで届けとでもいうように、その方向を見つめていた。

15 家　路

病気の人にも、健康な人にも、一日一日は同じように過ぎて行く。

「まだ走るの？」

さつきは、グラウンドを駆けて来て足を止めた畑山にタオルを渡しながら言った。

「今日はこれでやめとくよ」

汗が滝のように流れ落ちる。タオルで拭《ふ》いたくらいでは、とても追いつかない。

「じゃ、教室にいてくれ」

と、畑山はタオルを首にかけ、力を抜いた足どりで歩き出した。

シャワーで汗を流し、さっぱりした顔で戻るのに三十分くらいはかかる。

さつきは、もう誰もいなくなった教室に入って、窓辺に寄ると、机の上にチョコンと腰をかけて、外を眺めた。

教室のドアが開いて、

「もう、すんだの？」

と、市橋涼子が入ってくる。

「はい」

さつきの目にも、涼子の様子が晴れ晴れとしていることが分る。

「もうじき大会ね。——畑山君なら大丈夫でしょうけど」

「毎日練習する以外に、勝つ方法なんてないって言ってます」

「その通りよね」

涼子は廊下の方を少し気にして、「——大丈夫ね。誰もいないわ」

「中本先生の手術、決ったんですか」

「まだ。でも、来週早々には、手術の日取りがはっきりするらしいわ」

涼子は小声で話していた。

――涼子が広く呼びかけて、中本に適合する骨髄の持主が見付かったのは、二週間ほど前のことだ。

他校の体育教師だったので、涼子はこの事実を伏せておいたのだ。校長が知れば、また何か妨害にかかるかもしれない。

そこまで疑わなくてはならないのは悲しいことだったが、中本の命を第一に考えたのである。

妻の忍も、本当に提供者が見付かったことで、涼子に感謝の手紙を書いて来た。

手術のためには、一旦《いったん》抗ガン剤でガンを抑え込む必要がある。これに耐えられる体力がないと、手術は受けられないのだ。

「でも大丈夫。充分に体力はあるって」

涼子は明るく言った。

「良かった」

「ええ。――みんなの力よ」

「また、中本先生が学校に戻れるといいですね」

「この学校は無理でも、どこか他でね」

涼子は肯《うなず》いて言った。「畑山君を待ってるんでしょ」

「はい」

「じゃ、私は先に帰るわ。協力してくれた方たちにお礼のハガキを出してるの」

涼子は、さつきの肩を軽く叩《たた》いて、「それじゃ」

と、教室を出て行った。

さつきは腕時計を見た。——十五分たっている。

あと十五分くらいかな。

まぶしげに目を細めて、外を眺める。

シャワーを頭から浴びて、畑山はやっと生き返った気分だった。

シャワールームも、今は誰もいない。

陸上のトレーニングは、孤独である。チームプレーと違って、すべては自分一人の努力にかかっている。

練習をどこまでやれば充分なのか。——高校生の身でつかむのは容易でない。

やり過ぎても、膝《ひざ》や腰を痛めることがあるのだ。

シャワーを止めると、畑山はタオルをつかんで体を拭いた。そのタオルを腰に巻き、シャワールームからロッカールームへと歩いて行く。少しのぼせた肌に、空気がひやりと冷たく心地良い。

畑山は足を止めた。

「——何してんだ。女子のシャワーは向うだぞ」

言うまでもない。永田由布がそんなことを知らないわけがないのだ。

「何だよ」

と、畑山は言った。「行ってくれよ。着替えるんだ」

「朝野さんとはどうなの」

と、由布は言った。

「どう、って？」

「——寝た？」

畑山は、由布を見た。

由布は目を伏せて頬を赤らめている。

「そんなこと、言いたくないんだろ。——俺も聞きたくないよ」

畑山は自分のロッカーを開けた。「頼むよ。出てってくれ」

「私、平気よ」

「俺は平気じゃないよ。——どうしたんだ？　永田らしくない」

「由布って呼ばないのね。あの子のことは『さつき』って呼んでるのに」

「そうだっけ？」

「そうよ」

「気が付かなかったよ。慣れてるからさ」

「私——あの子のことで、話したいの」

「何を？」

「ここじゃ話せない。今度二人きりで会ってよ」

「年中会ってるじゃないか」

「外でよ。——ね、大切なことなの」

畑山は、うんと言うまで由布が出て行かないだろうと分った。

「分ったよ。でも、毎日練習だ」

「土曜日の夜」

「土曜か。——いいよ」

「七時に、〈S〉でね」

駅前のにぎやかな喫茶店だ。人目がある。

「分った」

「それじゃ」

由布は出て行った。

畑山はホッと息をついた。


「──遅かったね」

と、さつきは言った。

文句ではない。つい何かと心配してしまうのだ。

「汗がひどかったから」

と、畑山は言った。「行こうか」

「うん」

──二人で学校を出るのも、もう慣れた光景である。

もちろん、クラスの子も、いや学校中の子が知っている。──そして、誰もが二人のことを暖かく見ていた。

「お腹空《なかす》いた？」

と、校門を出て、さつきが言った。

「ああ、少しな。でも、どっちでもいいよ」

「大丈夫よ。何か軽く食べて帰ろう」

走っているわけでないさつきは、途中で何か食べると、家で夕食が入らなくなる。だから、畑山がラーメンだのピザだのを食べている間、さつきはアイスティーなどで時間をもたせていた。

畑山は、そっとさつきの横顔を眺めた。

——友人が死んだ、あの出来事を思い出しても、今の「両親」が実は他人だということはまだ分っていないようだ。

それは、「母親の死」に、よほど何か辛《つら》い思い出があるからだろう。

二人は、よく帰りに入るファミリーレストランへ入った。一番メニューが多くて、値段も安い。

オーダーをすませて、畑山は中本のことを嬉《うれ》しそうに話すさつきをじっと見ていた。

「——良かったな。きっと助かるよ」

「私もそう思う」

「市橋先生、頑張ったな」

微妙な立場にある中、よく割り切って、中本のために必死で駆け回ったものだ。ほとんど毎日のように、自分と中木の知人をたどって協力を頼んで回ったことを、さつきや畑山は知っていた。

「——先生、いい人見付けて結婚すればいいのに」

と、さつきが言った。

「いらっしゃいませ」

「五人だ」

「かしこまりました。おタバコは——」

畑山は、避《さ》けようがなかった。

家族連れで店に入って来たのは、あの西島だったのだ。

畑山たちのテーブルのわきを通って行く。

畑山は目をそらしていた。

西島が畑山に気付いて、足を止めた。

「あなた、どうしたの？」

「いや、別に」

西島は、そのまま奥のテーブルへと歩いて行った。

西島の家族。——畑山は、そんなものを想像したこともなかった。

「畑山君……」

と、さつきが言った。

「何でもないよ」

畑山は水を飲んで言った。

しかし、さつきは続けて、

「今の人、憶《おぼ》えてるわ」

畑山はさつきを見て、

「――そうか。会ったことがあるんだ」

「うん」

「もう関係ないよ」

「でも……」

「今度の大会か？　あいつのいるK学院も出る。でも、あいつが走るわけじゃない」

幸い、西島の一家のテーブルに、畑山は背を向けている。わざと目をそらしていなくてすむのは救いだった。

しかし、さつきはちょっと目をやれば、いやでもその一家が目に入る。

――子供の一人が笑い声を上げていた。

「西島の所か」

「うん」

――当然、西島にも家族がある。

そんな当り前のことが、畑山にとっては驚きだった。

「じゃあ、俺は……このAセット」

オーダーしている西島の声が聞こえる。

当然のことのように、自分が一番にオーダーしているところが西島らしい、と畑山は思った。

子供たちがランチだのそうじゃないだのともめていると、

「早く決めろ！」

と、西島が怒った。

「一緒のでいいでしょ？　ね？」

と、妻が急いで言って、「別のにしたらケンカになるんだから。ね？　――このセットを三つでいいです」

少し間があって、

「――お前は何にするんだ」

「あ、ごめんなさい。私……何でも」

「何でも、じゃ分らん」

「そうね。それじゃ——このセットを」

声だけ聞いていると、こんなささいなことでも、家族の姿が見えてくる。

西島を怒らせまいと気をつかう妻の言い方は、畑山には、学校の上層部に気をつかう西島自身の態度を思い出させた。

「——畑山君。大丈夫？」

「ごめん。つい、向うの声を聞いちゃって」

畑山は水をガブッと飲んで、「もう忘れよう」

「無理しないで。——忘れられないことは、忘れない方がいいのよ」

それはさつき自身のことでもあっただろう。

畑山は、ふと唐突に、

「永田がシャワールームに入って来てさ。びっくりしたよ。見られなかったけどな」

と、笑って言った。

言ってはいけない、と思っていたのに。——西島のことから、自分の気持をそらしたかったのだ。

「永田さん、何て?」

「別に。——さつきとどうなってるんだ、って。だから、どうもなってないって答えといたよ」

さつきは、テーブルの上に、コップの露を指先でのばして模様を描きながら、

「どうにかなりたいと思ってる?」

と、目を伏せて訊《き》く。

「そりゃあ……。男だもんな、俺も」

「私……不安なの」

「分ってる。何も無理になんて言わないよ」

「言ってくれたっていいのよ。でも——不安なの。自分が他に誰かを好きだったことがあるのかどうか、分らないから」

畑山は、さつきがそんなことで悩んでいたとは思ってもいなかった。

「今のことだけ考えろよ。——それでいいじゃないか」

「うん」

さつきが嬉しそうに肯《うなず》く。「今、畑山君がここにいるっていうだけで、充分ね」

「照れるから、よせよ」

畑山の注文した食事が来て、さつきはプリン。甘くないので気に入っている。

二人は黙って食べていた。――黙って一緒にいて、少しも困らなかった。

無理に面白いことを言わなくてもいい。絶えず何かを話していなくても、不安にならない。

さつきは、畑山と一緒にいて、それだけで安堵《あんど》できたのである。

「――ごちそうさま」

はしを置いた畑山を見て、さつきがちょっと笑った。

「何がおかしいんだ？」

「ごめん。――だって、私、まだプリン一つ食べ終ってないのよ。畑山君、ちゃんとした定食、食べちゃって」

「腹が減ってたんだ」

「胃に良くないわ、急いで食べると」

さつきは言葉を切って、顔を上げた。

西島が席を立って、畑山たちのテーブルの方へやって来たのだった。

「――畑山。元気そうだな」

「今日は」

と、畑山は西島の方を見ずに言った。

「今度の陸上大会じゃ、お前の名前がよく出るよ。活躍を楽しみにしてる」

畑山は何も言わずに、コップの水を飲み干した。

「——大会で会おう。俺は幹事席にいる」

西島はニヤリと笑って、奥の化粧室へとテーブルの間を抜けて行った。

「——出よう」

と、さつきは言った。

「うん」

二人は席を立った。

さつきは、ふと西島たち一家のテーブルの方へ目をやった。

西島の妻がさつきを見ている。目が合うと、妻は小さく会釈《えしやく》した。

さつきは会釈を返すと、畑山の後から急いでレジへと向った。

レストランから外へ出ると、さつきは振り返った。

「——どうしたんだ?」

と、畑山が気付いて振り返る。

「あの奥さんが——ずっとこっちを見てたの」

「西島の？」

「うん。何だか——何か言いたそうにしてたわ」

「何を？」

「分らないけど、何か話したそうだった」

それきり、西島の話はしなかった。話すこともなかったのだ。

二人は黙って——心の通い合う沈黙の中、手をつないで家路を辿《たど》って行った……。

16　隠れた時間

人と人との出会いとは、ふしぎな確率で存在するものだ。

今、あの人にだけは会いたくない。——そう思っている相手と、正にバッタリ都会の雑踏の中で出くわしたりする。

その二人が出会う確率など、何十万分の一か、何百万分の一に違いないのだが、実際にそんなことが、人の暮しの中ではときどき起っている。

起ってしまえば、それは百パーセントの確率だったのである。

そこに、もしわずかの可能性があったとすれば、M学園からの通学定期の「乗り越し」でそのショッピングモールへ出られるということだろうか。

ほんの十秒ほどでも、どこかのショーウィンドウの前で足を止めて、中の商品を眺めていたら、さつきは出会わなかっただろう。――永田由布《ゆう》に。

「あ――」

アクセサリーの店から出て来た由布と危うくぶつかりかけて、さつきは、「ごめんなさい」と言っていた。

そして、

「あ……」

今度は小さな驚きを伴った声だった。

「偶然ね」

由布の方は動じていなかった。「――買物？」

「ええ、ちょっと……。永田さんも？」

「よく来るの、この店。いいわよ、洒落《しやれ》てるし、安いし」

と、由布は言って、「今日は畑山君と一緒じゃないの？」

「今日は、今度の大会のことで、どこかの高校へ出かけるって……」

さつきはそう言いながら、由布がそのことを知らないわけがないと気付いていた。

「少し安心したわ」

と、由布が言った。

「何のこと？」

「一人で買物もできるのね」

さつきも、それが悪気で言われた言葉でないことは分っていた。しかし、間違って思い込まれていることには耐えられない。

「私、普通に出歩くことはできるわ。ただ、学校に行くのが辛《つら》かっただけで」

と、つい言い返してしまう。

「畑山君なしでもね」

と、由布は皮肉ると、「聞いてるわ。あなたが中学のときにあったこと。でも、それで同情を買うのは感心しないわね」

言い返そうとして、さつきはこらえた。こんな人通りの多い所で言い合いをしても始まらない。

「――じゃ、私、これで」

と、さつきが会釈《えしゃく》して行きかけると、

「逃げるの？」

と由布が声をかけた。

さつきは振り向いて、

「どうして逃げることになるの？　私たち、別にここで会う約束したわけでもないわ」

「でも、せっかく会ったのよ。――お茶でも飲みましょうよ。私とじゃいやって言うのなら仕方ないけど」

「そんなこと……」

さつきには、無視して行ってしまった方がいいと分っていた。しかし、自分が畑山と由布の間を裂いたとみんなに思われていることも承知している。

だからこそ、由布とケンカしたくはなかった。

――結局、そのショッピングモールに何軒かあるティールームの一つに、二人は入って向き合った。

紅茶を頼んで、由布は、

「本当に、憶《おぼ》えてないの？」

と、いきなり訊《き》いた。

「何のこと？」

「中学校で何があったか。——そのお友だちが亡《な》くなった事故は別にして」

ややあって、

「——他の話をしましょう」

と、さつきは言った。

「やっぱり」

と、由布は笑って、「逃げてるじゃないの」

「人の心の中の問題だわ」

「じゃ、何ならいいの？　畑山君のこと？　それも『他の話をしましょう』で逃げるつもり？」

由布の言い方は喧嘩腰《けんかごし》ではなかった。もっと穏やかで、しかし、「決して逃がさない」と言っているかのようだった。

「——私が嫌いね」

と、さつきは言った。

「正直言えば、そうね」

由布は肯《うなず》いて、「仕方ないでしょ。彼氏をとった女の子を好きになれなくても」

さつきは目を伏せて、

「そんなつもりはなかったわ」

と言った。

「畑山君の方が、あなたを好きになっただけ？　そうじゃないわ。あなた、初めから、誰かに守ってもらわなきゃ生きてけない、ってふりをして、畑山君を手に入れたんじゃないの」

「ふりだなんて――」

「違うっていうの？　じゃ、何もかも思い出して、普通の女の子になったら、畑山君と別れる？」

「永田さん。――誤解しないで。私、畑山君のことは好きだけど、恋とかそんな状態じゃないと思うの。だからって、何と言えばいいのか分らないけど……」

「そうらしいわね。まだ彼と寝てないみたいだし」

さつきがちょっと頰《ほお》を染める。

「そういうんじゃない仲だって、あっていいでしょう」

「いいわよ。でも、私は違う。あの人、そうは言わないかもしれないけど、これだけは言っとくわ。私はあなたみたいな『おままごと遊び』の恋人じゃないの。畑山君とは、ちゃんとした恋人同士よ」

さつきがじっと由布を見る。

由布は、さつきの視線から目をそらさずに見返した。

長い沈黙の間に、紅茶が来た。

さつきはホッとしてストレートのまま一口飲むと、

「——本当に？」

と、訊いた。

「当然でしょ。トレーニングでエネルギーを使っても、そういうことは別だわ」

挑みかかるような由布の言葉を、さつきは固く唇をかみしめて聞いていた。

由布は水を一気に飲んで、

「——何か言ったら？」

と、さつきを見つめた。

さつきは黙って首を振った。

「どういう意味？」

「意味なんてないわ」

と、さつきは言った。「畑山君の心の中は、あなたにだって分らないはずだと思っただけ」

さつきの言う通りだ。

由布にとって、さつきが挑発にのって来ないことがしゃくにさわる。

——そうだ。

由布は、ふとあることを思い付いた。

「朝野さん、これから少し時間ある？」

「——どうして」

と、さつきは言った。

「それじゃ、返事になってないじゃないの。私が訊いたのよ。答えて。それとも、私の質問になんか答えられないの⁉」

「いえ、そんな……。時間なら、あるわ」

「じゃ、これから少し私に付合って。行きたい所があるの。ただし、向うへ着くまで何も訊かないで。——分った？」

さつきは、由布の目に危ない光を見てとっていた。

この人は、私が罠《わな》にかかるのを待っている。罠の中へ前肢《まえあし》を踏み入れようとするウサギでも見るように、その目は勝ち誇っている。

しかし、さつきも後にひけなかった。

「分ったわ」

「じゃ、出ましょう」

二人は席を立ち、各自で自分の分を払って店を出た。

「——どこに行くの」

「何も訊かないって言ったでしょ」

「どっちへ行けばいいのか、訊いただけ」

「駅の方へ。分った？」

と、由布は先に立って歩き出した。

さつきは、一瞬、そのまま別れて帰ってしまおうかと思った。

由布は、全く振り向うともせずに人ごみの中を歩いて行く。その後ろ姿が、人の流れに見え隠れした。

——そんなわけにはいかない。

行くと言った以上は、実行しなくては。

さつきは小走りに由布を追った。

由布は、さつきが追いかけてくることをちゃんと承知しているかのように、同じ足どりで歩き続けている。

さつきは、やっと追いつくと、軽く息を弾ませながら、駅の改札口を目にした。

「電車に乗るわ」

と、由布は言った。「電車賃ぐらい持ってるわよね」

「ええ」

——どこへ？

さつきは不安がふくれ上ってくるのを、何とか抑えていた。

ともかく、由布が買ったのと同じ乗車券を買い、改札口を入る。

混み合った通路を、由布はその長い足で人の間を縫って素早く進んで行く。

さつきは、由布の姿を見失わないでついて行くので精一杯だった。由布が長身で目立ったので、何とか見失わずにすんだのだ。

ホームに上ると、さつきはやっと足を止めて息をついた。

ホームを風が吹き抜ける。息を弾ませ、少し汗ばんでいたさつきには、その風が快かった。

もちろん、いつも走っている由布には、こんなもの、運動の内に入るまい。

「——これくらいで、息切らして」

と、由布はさつきを見て笑った。「運動不足よ」

さつきは何も言わなかった。

電車が入ってくる。——二人は乗り込んだ。

一緒には乗ったが、由布はさつきを全く無視して、吊革《つりかわ》につかまった。さつきは間に二、三人置いて、並んだ。

一体由布が何を考えているのか、さつきには分らなかった。——ともかく、由布にははっきり目的地がある。それだけは確かだった……。

電車を降り、駅前からバスに乗る。

由布は、空いた席に腰をおろした。さつきは、由布の隣も空いていたが、わざと少し離れて座った。

バスが動き出し、テープが回って、主な行先を告げると、やっとさつきにも分った。

——由布と目が合う。

由布は口もとに笑みを浮かべていた。

由布の目は、「いやなら降りてもいいのよ」と言っていた。

さつきは目をそらし、じっと真向いの席の乗客が広げている新聞の見出しを見つめた……。

——そうだ。

このバスに、私は乗っていた。

すぐには思い出せなかったが、それはこの路線をいつも反対の方向から利用していたからだ。——もう二度と乗ることはないと思っていたバス。

なぜ、由布は知っているのだろう？

由布は全く迷うことなく、このバスに乗った。きっと、行ってみたのだ。

さつきが通っていた中学校へ。

なぜ？　——なぜ、こんなことをするの？

バスは、空《す》いた時間帯なのだろう、途中、いくつも停留所を素通りして行く。

「〈——中学校前〉」

テープが言った。

さつきには、由布がじっと自分を見ているのが分っていた。由布は停車ボタンを押そうとしない。

「お降りの方は——」

さつきは手を伸して、ボタンを押した。

〈次、停車します〉

という文字が点灯した。

バスはスピードを落として、停留所に停《と》まった。

さつきは立たなかった。――由布がじっとさつきを見ている。

「――降りないんですか?」

運転手が振り向いて言った。

「すみません、降ります」

さつきはパッと立ち上って、バスを降りた。続いて、由布もポンと飛びはねるように降りて来る。

バスが走り去ると、さつきと由布は急に世界の涯《はて》に二人きりで取り残されたようだった。

「――降りなきゃ良かったのに」

と、由布は言った。「無理しなくてもいいのよ」

「あなた、ここへ来たのね」

「ええ。あなたが怖い思いをした場所が見たくてね」

由布は振り返って、「学校はあっちよね。——走って行く？」

二人は、道を渡って行った。

「思い出した？」

「忘れたことなんてないわ」

と、さつきは言った。「考えないようにしていたけど、いつも思い出してた」

「その後《あと》のことも？」

「——後のこと？」

「私、話を聞いたの。学校の人にね」

——由布は、さつきの顔から血の気のひくのを見ていた。

これでいいの？　由布は自分に向って問いかけていた。——ここまでやってしまっていいの？

おそらく、突然さつきと出会ってしまったことで、考える時間のないまま、走り出してしまったのだ。

急な下り坂を、自転車で疾走しているような気分だった。もう今からブレーキをかけても遅い。

畑山のことも、今は考えていなかった。

ただ、さつきを打ちのめしてやりたい——。その思いだけが、由布を引っ張って、走らなければ自分が転んでしまう。そんな状況に立っていた。

——由布は、その学校の門が見えた所で振り向いた。

さつきは足を止めずに歩いてくる。青ざめてはいたが、由布への対抗意識だけが、さつきを支えているようだった。

「あの日、あなたはどの辺にいて見てたの？」

と、由布が訊《き》く。

さつきは、正門の前に行き着くまで、足を止めなかった。

門は閉っていた。——あのときのように、冷たくさつきを拒んでいた。

「近くで見たの？」

と、由布が言った。

「——ええ。すぐそこに……恵美が倒れてた。何が起ったのか、私には分らなかったわ」

「すぐそこでね」

「血が広がって来た。——こっち側の方が少し低くなってるでしょ。だから、血が一筋、右へ左へ曲りながら流れて来た」

さつきは門の向うの白い校舎を見た。

あのとき——誰かが笑ってた。

「おい、飯田、ふざけるな」

そう言って、笑ってた。

血が流れているのに。——助け起こそうともしなかった。

「ふざけないで起きろ」

そう言ったのだ。自分が恵美を殺したのに。

そう言って笑ったのだ。

そのとき、門がガラガラと開いた。

「お疲れさまです」

という声がして、車が出て来ようとしている。

「そこにいたら、ひかれるわよ」

と、由布が言った。

ひかれてもいい。——私はここにいる。あのときのように。

車が、正面に立ったさつきに向けてクラクションを鳴らした。

さつきは動かなかった。

「おい！　何してる！　どいてくれ」

車から顔を出してそう怒鳴ると――。

車のエンジンが停った。

そして、車から降りて来たのは、さつきの知っている顔だった。

「お前……。倉沢か」

あのとき、「ふざけないで起きろ」と言った、同じ声が言った。

「倉沢さつきだな」

さつきは息を吐いて、

「神山《かみやま》先生……」

と言った。

17　悪　夢

沈黙を破ったのは、門衛の、

「神山先生、どうしました?」

　という声だった。

「何でもない。車、一旦《いったん》中へ戻すよ」

「はあ……」

　門衛はわけの分らない顔をしている。「門を閉めますか」

「いや、開けといてくれ」

「はい」

　車がバックして、少し傍《わき》へ寄せて停《とま》る。

　エンジンの音が止《や》んで、神山が降りて来た。

「――久しぶりだな」

　と、門の方へやって来ると、「元気でやってるか」

「先生も」

　と、さつきは言った。

「うん。――まあ何とかやってる」

　神山はそう言って、「入らないか。せっかく来たんだ」

　由布が進み出て、

「私、今、さつきと同じ学校の永田といいます。さつきについて来たんです」

「よろしく。ここの教師の神山だ」

神山は三十代の半ばくらいに見えた。「M学園？」

「はい」

「倉沢、M学園へ行ったのか。知らなかったよ」

――さつきはじっと足下を見つめていた。

あのときの血痕《けっこん》はどうしたのだろう？

どんなに洗い流したところで、消えるわけがないのに。いつまでも、流れ続けているはずなのに。

「もう、誰もいないよ。二人とも、良かったら入ってくれ」

いやだ。いやだ。

さつきは、そこをまたぐことができなかった。恵美はそこに倒れている。まだ倒れている。

こんなことが、二度と起きない学校にならない限りは、恵美はここで血を流して倒れているのだ。

「――倉沢」

「私は、ここをまたいでなんて行けない」

と、さつきは首を振った。「先生は毎日、ここを平気で通ってるのね」

「仕方ないだろう。生徒たちも毎日登校して来ては帰って行く。——口々の暮しがある」

「恵美には？　恵美にだって、あったはずでしょ」

「ああ……。倉沢、分ってくれ。俺も苦しんだ」

「嘘《うそ》だ」

と、さつきはすぐさま言い返した。「笑ってたくせに。恵美が血を流して倒れてるのを見て、笑ってた」

「まさか、あんなことになってるとは思わなかったんだ。わざと、ふざけて倒れてるんだと思った」

「血を流して？」

「血が出ているのは見えなかった」

神山の口調は少し苛立《いらだ》って来た。「俺が好きでやってたことじゃない。学校の方針だ。仕方なかったんだ」

「違うわ。駆けて来た子が通ってから門を閉めるぐらいのこと、できたはずだわ。わざと目の前で門を閉めて楽しんでたのよ」

神山はちょっと肩をすくめて、

「もうすんだことだ。――今は、時間になっても門は閉めない。チェックのために先生は立つが、それだけだ」

「すんでなんかいない。誰が恵美に謝ったの？　どうやって？」

「倉沢――」

「恵美は今でも、毎朝殺されてるんだわ」

さつきはそう言うと、校門に背を向けて駆け出した。

人殺し！　人殺し！

口の中で何度も呟《つぶや》きながら、さつきは夢中で駆けた。

逃げていた。――もちろんそうだ。

でも、逃げる以外、何ができるだろう？　逃げる以外、拒む道のないことがあるのだ……。

「――朝野さん！」

由布の声が追いかけて来た。

いやよ！　止るものですか！

「朝野さん！　危ない！　気を付けて！」

由布の叫ぶ声。

さつきは、初めて気付いた。自分が車道の真中へ飛び出していることに。

急ブレーキの音がした。振り向くと、白い乗用車が——白い色だけが鮮やかに目に入った——迫って来た。

車は停ったが、同時にさつきの体をはね飛ばしていた。

さつきは一瞬宙に浮いて、アスファルトの路上に落ちた。痛みは感じなかった。

ただ暗い闇《やみ》が、波のようにさつきを呑《の》み込んでしまった。

「——どうだって？」

由布の顔を見るなり、畑山は言った。

由布は首を振って、

「よく分らないけど……。今、検査してる。脳の何とかいう……」

と、曖昧《あいまい》に言った。

「そうか」

畑山は廊下を見回して、「——ご両親は？」

「電話したけど、誰も出ないの」

「そうか、分った」

畑山は、ちょっと息をついた。

——さつきが運び込まれたのは、車にはねられた場所から救急車で二十分も走ったところだった。

看護婦の数が少なく、あまり対応は迅速ではなかった。

夜になって、ますます看護婦の人数が減っているのが分る。

由布がそのことを畑山に言うと、畑山は、

「じゃ、何とかしなきゃな」

と言って、公衆電話へと駆けて行った。

——由布は、どうしてこんなことになったのか、訊《き》こうとしない畑山のことが怖かった。

由布がさつきを連れ回し、こんな結果になったのだ。畑山が怒って当り前なのだ。

それなのに、畑山は少しも怒っている様子がない。——いっそ、怒鳴られたり殴られたりした方が良かった。

いや、畑山は何があっても、由布を殴ったりはしないだろう。それでも、今は殴ってほしかった。

怒りもしないということ。――それは、畑山が由布のことを、「怒るほどでもない」相手としか見ていないということなのだ。

でも――どうだろう？　もし、さつきがこのまま……。

いや、そんなことはあるはずがない！

由布は、自分がそこまで望んではいないことを知っていた。

私はただ、畑山君を取り戻したかっただけなのだ。それだけだ。

「――もっといい病院へ移すよ」

と、畑山が戻って来て言った。

「どこへ連絡したの？」

「さつきのおじいさんだ。たまたま会ったことがあるんだ」

「その人が？」

「色んな所にコネを持ってる。すぐに手配するって言ってくれたよ。ここへ駆けつけてくる」

そう言って、畑山は腕時計を見た。

由布はじっと床を見つめていた。

「――何があったんだ」

と、畑山は訊いた。

由布はむしろホッとした。

「買物してて、偶然会ったの」

と、ごく自然に話し始めた。

すべて話し終るまで、畑山は何も言わなかった。表情も変えずに、ただじっと聞き入っていた。

「――こんなことになるなんて、思わなかった。本当よ」

と、由布は言った。

「分ってるよ」

「ごめんね。自分でも――どうしてあんなことしたのか分らない」

「謝るのなら、さつきに謝ってくれ」

と、畑山は言った。「その学校の先生は――」

「神山っていったわ」

「神山か。――その先生は知ってるのか、このこと？」

「見てたから。でも、気が付いたら、もう車もなかった」

「そんな奴《やつ》か」

畑山は立ち上ると、「――もう帰ってろよ」

と言った。

「いるわ、私」

と、由布も立ち上って言った。「ずっとついてくわ」

「病院を移したりするのは大変だ。今夜一杯かかるかもしれない。お宅で心配するよ」

そう言われると、由布も強くは言えなくなった。

「――新しい病院で落ちついたら、また連絡するから」

「うん……。それじゃ、行く」

「気を付けてな」

由布は、ためらいながら歩き出した。

畑山が、彼女を叱《しか》ろうともしなかったこと。――それが、由布を打ちのめした。

畑山にとって、もう由布は「他人」なのだ。

――終りだ。

何もかも、終り……。

由布は力なく病院を出た。

いつしか——雨が降り出していた。

由布はしばらくそこに立ち尽くして、雨が服を通して肌までしみ込むに任せていた。

凍《こご》え死にたかった。

雨は生あたたかく、冷たくさえなかったが、由布の心は凍りつき、そのまま二度と熱することがないように思われた……。


お母さん……。

お母さん、どこにいるの？

家は暗かった。

さつきは戸惑《とまど》っていた。——いくら帰りが遅くなっても、こんな時間に母がいなかったことはない。

冷え切っていた。家の中は息が白くなるほど寒い。

お母さん……。

不安がふくれ上って来た。

何かあったんだ。——何か、とんでもないことが。

さつきは、もうほとんど泣き出しそうだった。

「お母さん！」

お願いよ、返事して。

その辺から、ひょっこり顔を出し、

「お帰り。遅かったのね」

と言ってくれないの？

いいえ、きっと大丈夫。お母さんの身に何かあるなんて、そんなことあり得ない。

お母さんはいつもそばにいてくれる。いつも私を守ってくれる。

絶対に。――そうよ、絶対に。

さつきは自分へ言い聞かせた。

そして、寝室のドアを開けた。


「――連絡してくれてありがとう」

と、倉沢貞吉が畑山の手を握った。

「いえ……。こんなことになって……」

「事情はともあれ、事態を早く改善しなくては」

倉沢は、病室の中を覗《のぞ》いて、「——今、T病院が受け入れ態勢を整えてくれている。院長は長年の友人だ」

「良かった。——でも、この病院が何か言いませんか」

「手は打ったよ。今、病人用の寝台車が来る。すぐに運び出す。T病院の医師と看護婦も同乗している」

倉沢は、畑山の肩を叩《たた》いて、「お家で心配しているだろう。一旦《いったん》帰ったらどうかね」

と言った。

「いえ、大丈夫です」

畑山は首を振って、「ちゃんと連絡も入れてあるし。ただ——さつきのご両親と連絡つかなくて……」

「朝野たちのことはいい」

と、倉沢は苦々《にがにが》しげに言った。「そもそもあの二人に任せたのが間違いだった。少しでも家庭の空気を与えてやりたいと思ったが……」

「さつきの面倒をみていればお金になる、としか……」

「そうなんだ。——色々、さつきのためだと口実をつけて、金をせびって来た。少々のことには目をつぶったが……」

倉沢はため息をついて、「この年齢《とし》になるまで、楽をして稼ぐことを憶《おぼ》えると人間はそこに居座ってしまうということを、自覚できなかった」

「いつもそばにいらしたわけじゃないですものね」

「そう……。海外出張が何か月にも及ぶことがあった。その間に、『学校で金がいる』と連絡があると、送金しないわけにいかなかった」

倉沢は首を振って、「言いわけにならんよ。さつきは、どんなに無理をしても、私が手もとに置いて育てるべきだった」

「――倉沢さん」

背広姿の、三十代の男性がやって来た。

「T病院の青島です」

「やあ、これはどうも」

倉沢は相手の右手を両手で包むように握って、「一度確かお会いしたことがありますね」

「はあ、院長の所で。事情は聞いています。今、寝台車が表に。看護婦も待機しています」

「どうかよろしく」

「担当医は？」

「さあ……」

と、畑山が首を振って、「さっきちょっとみえましたけど……」

「私が一緒に行って話しましょう」

倉沢は青島という医師と一緒にナースステーションの方へと急ぎ足で向った。

医師がそばにいる。それだけでも、ずいぶん気持が楽になるものだと畑山は思った。

病室へ入り、さつきのベッドのそばに座る。

「心配ないぞ。みんなが助けてくれる」

畑山はさつきの手を取った。

さつきの表情は、細かく動いていた。眉《まゆ》をひそめ、荒く息をついたかと思うと、深々と悲しげなため息をつく。

「夢を見てるのか？」

と、畑山はそっと声をかけた。

しかし、夢だとしても、それはどう見ても楽しい夢ではなさそうだ。

もっと穏やかに、つい笑みの浮かぶような夢を見られないのか。――畑山は胸が痛んだ。

さつきの唇が動いた。

「――何だ？」

と、畑山が耳を寄せると、唇からかすかに、

「お母さん……」

という言葉が洩《も》れて来た。

畑山の手を、さつきが握り返してくる。畑山はその手を静かにさすってやった。

――倉沢は十五分ほどして病室へ戻ってくると、

「すぐ出られる。君、すまないがさつきの服と鞄《かばん》を」

「分りました」

看護婦が二人やって来て、さつきをストレッチャーにのせる。

「さあ、行こう」

倉沢が畑山の肩をつかむ。

その力強さに、畑山はホッと安堵《あんど》した。同時に、さつきは大丈夫だ、助かる、と信じられたのである……。

18 見舞客

「ご苦労様。何かあったら、また知らせてね」

電話口の市橋涼子は、かなり不安げだった。

「大丈夫ですよ」

と、畑山は言った。「今朝から一通り色んな検査をするそうです」

「畑山君、ずっといてくれるの？」

「学校サボっちゃってすみません」

「そんなことはいいの。今日、私も帰りに寄るわ」

「分りました。担当の先生は、まず心配ないだろうって」

「だといいわね。――あ、授業が始まるから」

チャイムの音が聞こえた。

「あ、先生、それから永田がちゃんと来てるかどうか、後で見ておいていただけますか」

「永田由布《ゆう》さん？　分ったわ」

電話を切ると、畑山は病室の方へ戻って行った。

廊下に、見たことのある中年の女性がいた。病室の名札を見ている。

「あの……」

と、畑山が声をかけると、

「ああ。——さつきちゃんと一緒だった子ね？」

「いつかバスで……」

「そうそう。娘の舞がさつきちゃんと仲良しだった……。佐々木江美子よ」

「畑山といいます。あの——さつきの事故のことを？」

「ええ、この病院にね、さつきちゃんのこともよく知ってる人がいて、私のお友だちなんで知らせてくれたの」

と、佐々木江美子は言った。「車にはねられたって？」

「ええ、急に飛び出して……。僕はいなかったんですけど、あの中学校の正門の前でした」

「まあ……。いやな因縁《いんねん》だわね」

「意識はまだ戻らないんですけど、そう心配しなくても、とお医者さんは言ってます」

と、眉《まゆ》をひそめる。

「本当にそうならいいけど……」

畑山は少したためらってから、

「あの――お伺いしたいことがあるんですけど」

と言った。

「何かしら？」

「一体何があったんですか？　ご存知なら教えて下さい」

「それって……」

「あの中学校の正門で、女の子が閉る扉に挟《はさ》まれて死んだことは知ってます。さつきが、それを目の前で見ていたことも。でも、それだけじゃなかったんですね」

佐々木江美子は小さく肯《うなず》いて、

「そう。――あれも本当にひどいことだったけど、その後に起ったことは、もっとひどいことだったわ」

と言った。

「それは、さつきの母親のことですね」

佐々木江美子は少しためらってから、

「どこかに座ってお話ししましょう。——あのソファの所がいいわね。この病室も見えるし」

と言った。

「——無理なことをお願いしてすみません」

と、畑山は休憩所の隅のソファに二人でかけて言った。

——車椅子《くるまいす》の患者が、TVを見ている。音量が大きくて、うるさかったが、それは二人きりで話すにはむしろ好都合だった。

「——うちの子も、中学ではさつきちゃんと別だったから、直接知っていたわけではないの」

と、佐々木江美子は口を開いた。「でも、小学校のとき仲の良かった母親同士、会って話す機会も多かったんで、細かく耳に入って来たわ」

畑山は少し身をのり出すようにして座り、その話にじっと耳を傾けた。

「あの事件は知ってるのね」

と、佐々木江美子は言った。「当時、TVや新聞でもずいぶん大きく報道されたからね。死んだ子は、さつきちゃんの友だちで、特に仲のいい子だったらしいし、何しろ目の前で頭から血を流して死ぬのを見たんだから……。さつきちゃんにとって、どんなにショックだったか……」

お母さん……。

お母さん。──寝てるの？

さつきは、寝室のドアを開け、暗い室内を覗《のぞ》いて、一瞬がっかりした。

けれど、廊下の明りが射《さ》し込んで、母のベッドが見えると、ホッとしたのだ。

「お母さん。どうしたの？　具合悪いの？」

でも、間違いなく母はいた。そのことだけで、さつきは安堵《あんど》した。

「お母さんだって人間よ。風邪《かぜ》ぐらいひくわよ」

と、笑っている母の顔が見えるようだ。

「──お母さん。寝てるの？」

さつきはベッドへ歩み寄った。

母が頭まですっぽりとかけ布団《ぶとん》をかぶっているのが気になった。いつも、こんな格好で寝たりしないのに。

「お母さん。——お母さん」

さつきは布団の上から母をつついてみた。初めはそっと。次には少し強く。

でも、母は少しも動かなかった。

「お母さん……。起きてよ。ねえ」

さつきはかけ布団を少し乱暴な勢いでめくった。


何という日々だったろう。

学校へ向うさつきの足どりは重かった。

——恵美の死から一か月。

さつきは、やっと学校へ行く気持になって家を出た。

つい、辺りを見回してしまう。

会ったこともない大人が、さつきにカメラを向けていたり、急に寄って来て、

「倉沢さつき君だね？　ちょっと話を聞かせて」

と、行く手を遮《さえぎ》る。

そんなことが、何度もあった。——学校へ行こうというさつきの気持は、それだけで簡単に挫《くじ》け、家へと逃げ帰った……。

でも——今日はもう大丈夫。

あれから十日もたってるんだもの。

いいえ、もっとたってるわ。半月？　それとも二十日？

もうみんな忘れている。

女の子が一人死んだことなんか、いつまでも憶《おぼ》えていはしない。——きっと。

自分にそう言い聞かせる。

もう、何もかも終ったことなんだ。

さつきの中では、もちろん恵美の死は忘れられない出来事である。しかし、それが既に「終ったこと」だと思わなければ、とても学校へは行けない。

矛盾《むじゅん》した思いを抱えながら、それでもさつきは学校へのバスに乗った。

同じクラスの子が二人、先に乗り合せている。——さつきはホッとした。

「おはよう」

と、声をかけると——。

その二人はパッとさつきに背を向けてしまったのだ。

さつきは、それ以上何も言えなくなってしまった。偶然とか、無視といったものではない。

二人ははっきり、さつきを「拒んで」いたのだ。

さつきには、わけが分らなかった。

でも——仕方ない。

今さら家へ帰るわけにもいかなかった。

さつきは一人、吊革《つりかわ》につかまってぼんやりと外の風景を眺めていた。

そして学校前のバス停。

最後に降りたさつきは、他にも何人かいた同じ学校の子が、みんななぜか自分を無視して先に行ってしまうことに気付いていた。

思い過しというには、あまりにはっきりしていたのだ。

校門が近付くにつれ、さつきの足は重くなった。——恵美が死んだ、あの場所を通れるだろうか。

校門が見えて来ると、さつきは足を止めた。

怖かったのではない。

校門の前で、何かが行われていたからだ。

何をしているんだろう？

さつきと同じ学年の子が二人、校門の所に立って、登校する生徒たちに何か呼びかけている。

さつきは、ゆっくりと歩みを進めて行った。

「――署名をお願いします」

という声が聞こえた。

署名？　一体何のことだろう？

近付いて行くと、信じられない言葉が、さつきの耳に届いて来た。

「神山《かみやま》先生が担任に復帰できるように、みんなの署名をお願いします！」

――神山が、あの事件の責任を問われていることは、さつきも知っていた。当然のことだ。

神山は担任を外され、停職処分になっているはずだった。警察の調べも受け、「業務上過失致死」ということになるだろうと言われていた。

過失？　あれは殺人だ！

さつきは怒りを覚えたものだ。

しかし、それを――「担任に戻せ」って？

さつきは啞然《あぜん》としていた。

生徒一人、死なせたことが「何でもない」とでも言うのだろうか？

「——署名をお願いします」

呼びかけに応じて署名していく子が、三人に一人はいる。

さつきは、とてもその前を通る気になれなかった。

さつきが少し手前で立ち止っていると、始業五分前のチャイムが鳴った。

生徒たちが急ぎ足で中へ入って行く。

そして、署名を集めていた子たちの所へ歩み寄ったのは、校長先生だった。

署名させた用紙を覗き込むと肯いて、

「よし。もう入っていいぞ」

と二人へ言った。

生徒たちは駆け出して行く。

さつきは理解した。——学校がやらせているのだ。

ああして校長が見ている前で、署名しろと言われたら、断るのは大変だ。

神山が、何もなかったかのように学校でまた教えるようになるなんて、考えたくなかった。少なくとも、恵美を死なせた責任を、ちゃんと取ってほしい。

学校側も、事件の後、マスコミに対してそう答えていたはずだ。

さつきは、学校に背を向けて歩き出した。

でも——悔しかった。

恵美の死が、「何でもなかった」とでも言いたげなあのやり方に、怒りで震えた。

さつきはまた足を止め、学校の方を振り向いた……。

「初めの内はね、学校の先生たちも謝ってたのよ」

と、佐々木江美子は言った。「TVに出た校長さんなんか、『かけがえのない命を、こんなことで失わせた罪は大きいと思っています』なんて、殊勝なことを言ってね」

畑山はじっと聞いていた。

「ところが、父母会の方から、『あんないい先生を辞《や》めさせないで』って声が上ったの」

「いい先生？」

「指導熱心な、真面目《まじめ》な先生だって。——父母会の会長を中心に、署名運動が始まったの。神山先生は悪くない、悪いのは遅刻した生徒の方だってね」

佐々木江美子は首を振って、「後で分ったことだけど、それは学校側からの指示があって始まったことだったの。でも、父母の中にも、そう思っている人がいたのも事実。——さつきちゃんの休んでいた間に、『神山先生は正しいことをした』、『神山先生に不利な証言をした倉沢さつきは嘘《うそ》をついてる』っていう話が広まっていたの……」

「お母さん？」

かけ布団をめくったさつきは、母が向うを向いて寝ているのを見た。

こんな風に母が眠っているのを、見たことがなかった。いや、いつもさつきが起き出すころには、母は起きているし、ベッドに入るのもさつきの方が早いから、母の眠っているところを見ることはほとんどない。

でも、たまに――夜中に目が覚めて、トイレに行ったりしたとき、そっとベッドの中の母を覗いてみることがある。

そんなとき、母はいつも真直《まっす》ぐに上を向いて、ほとんどベッドに入ったときのまま、眠っている。たいてい毎晩のように、かけ布団をはね飛ばして何もかけていなかったり、パジャマがめくれておへそを出していたり、というさつきの寝相の悪さとは正反対だ。

「どうして親子なのに、こんなに違うの？」

と、さつきは母に訊《き》いたものだ。

母はいつも笑っているだけで答えてくれなかったが――。

「お母さん？」

その母が、さつきの方に背を向けて、それも背中を丸めるようにして寝ている。

その姿に、さつきは母がこの何か月か、様々な形で受けて来た辛《つら》い仕打ちの影を見るようで、母が可哀《かわい》そうになった。

「言いたい人には言わせておくのよ」

と、母は気にしないふりをしていたが、さつきには分っていた。

どんなにしっかりと立って、我が子を守るために両足を踏んばって揺がない母でも、飛んでくる矢は確実にその心を傷つけ、血は目に見えないところで流れているのだということを。

「お母さん……」

起こさない方がいいだろうか？　――さつきはためらった。

でも、今は――今はどうしても母の顔を見なくては不安だったのだ。

母の肩へ手をかけて、さつきはそっと引いた。母の体はゆっくりと仰向《あおむ》けになった。

――母は目を開いていた。

しっかり両目を見開き、その目はまるで姿のない敵をじっと見据《す》えているようだった。

血が——喉《のど》の傷から溢《あふ》れ出て、パジャマの胸を真赤に濡《ぬ》らしていた。シーツも赤黒く濡れて、光っている。

固く握り合せた両手は、鋭く尖《とが》った刃物を握りしめ、その刃も手も、血で真赤になっていた。

さつきは、二、三歩後ずさると、目をギュッとつぶった。——嘘だ。嘘だ。

これは幻覚か、夢の中なんだ！

消えてしまえ。消えてしまえ。

口に出して念じていたかもしれない。

そのとき——玄関のチャイムが鳴って、さつきは身がすくんだ。

寝室をよろけながら出て、玄関へ向う。

誰か来たんだ。出なきゃ。出なくちゃ。

お母さんかしら？

そう、お母さんが帰って来たのかもしれない。きっとそうだ。

玄関のドアを開けて、さつきは、危うく「お帰りなさい」と言うところだった。

「——あら、いたの」

隣家のおばさんが立っていた。「さっきも来たんだけど、出なくって。回覧板なの」

さつきを見ると、お隣のおばさんはびっくりして、

「どうしたの？　真青よ」

と、玄関の中へ入って来た。「気分でも悪いの？　――まあ！　けがしたの？」

そう言われて、さつきは初めて自分の手に血がついているのに気付いた。

この血は――お母さんの血だ。

「お母さんが……」

と言って、さつきは玄関の上り口に座り込んだ。

「どうしたの？　――大丈夫？」

「お母さんが……」

さつきには、はっきり分った。

今見て来たものが、夢でも何でもない、と。本当に、お母さんは死んだのだと。

さつきは泣き出していた。――お隣のおばさんが、代って一一〇番してくれたのは、十分もたってからのことだった。


「神山《かみやま》先生って人は、あの中学の受験担当の先生だったらしいのね」

と、佐々木江美子は言った。「校長さんが、じきじきにあの神山先生の『やる気』を見込んで、若いのに受験の責任者にしたってことだった」

やる気か。――畑山にも、そういうタイプの教師のことが分る。

あの西島だって、似たようなものだ。

神山にとっては、その「やる気」を見せる機会の一つが、「正門を時間通りに閉じる」ことだった。――たとえ、そこに生徒がいても。

「確かに、その点では熱心な先生だったらしいわ。受験担当になって、最初の春にいい結果が出て、校長先生はとても喜んでたそうよ」

「それで、かばおうと……」

「ええ。でもね、やり切れないのは、親たちや生徒たちの中でも、特に優秀で、受験勉強に熱心だった人たちが、進んでその企《たくら》みに加わったこと」

「企みって――さつきが嘘つきだって話を広めたことですか」

「それだけじゃないわ。学校側としては、さつきちゃんにやめてほしかったのよ。マスコミがさつきちゃんの話を何度か取り上げて、その度に学校の名前が出る。やめてしまえば、生徒たちも忘れて行くしね」

佐々木江美子は息をついて、「――死んだ子の親ごさんも、初めの内は学校側に強く抗議してた。でも、その内黙ってしまったわ。何でも噂《うわさ》じゃ、父親が建設会社の下請け企業に勤めてて、その親会社を通して圧力がかかったって……。学校関係の工事をさせないとかってね。父親って、弱いものよ。親としての立場より、社員としての立場の方が大切になってくる……。ま、責めちゃ可哀そうだけどね。下の子が、まだ小さかったはずだから」

「じゃ、さつきは孤立してったわけですね」

「そう……。その内、攻撃はさつきちゃんのお母さんに向けられたの」

と、佐々木江美子は肯《うなず》いて、「とてもしっかりした、いい人だったわ。もちろん、あの事件に関しても、さつきちゃんを信じて、学校からの話をはねつけた。——つまり、学校はさつきちゃんに、神山先生の責任じゃないと言わせてくれって頼みに来たのね」

「卑劣だ」

「そう。——本当に。でも、拒まれると、学校は神山先生を支持する母親たちを使って、色んな噂や中傷を流し始めたの」

「噂？」

「あのころ、さつきちゃんのお母さんにはお付合いしている男性がいた。独身だったんですもの、いてもふしぎはないわよね。その男性は、さつきちゃんのお母さんと付合い始める前から奥さんと別居していて、離婚の調停も進んでたと聞いたわ。でも、それを〈妻子のいる男を奪った〉とか〈人の家庭をめちゃめちゃにしておいて、自分の娘の教育ができるのか〉とか、誰が書いたか分らない文書が全校生徒の家へ送りつけられたの。その内、更にひどくなって、さつきちゃんのお母さんが彼氏と一緒に歩いているところを誰かが盗み撮りして、お母さんの勤め先と、その男性の勤め先にも送りつけたのよ」

「ひどいことして……」

「勤め先では、もめごとをいやがるでしょう。そんなことが重なって、結局、その男性との間もうまくいかなくなってしまったのね。——どうしてあんなことまでしたのか、って、実際それに加わった母親が後で私に言ったことがあるわ。熱心にやらないと、子供が受験で不利になるって言われて、母親同士、競って、さつきちゃんとお母さんを攻撃しつづけた……」

「——それで？」

「それで……。ある日、さつきちゃんが帰ると——お母さんは布団《ふとん》の中で、喉を刃物で突いて死んでた」

畑山は無言で両手を固く握りしめた。

「さつきちゃんは、お母さんのお葬式にも出られずに入院した。――そして、忘れてしまった。何もかもね。そうしなければ、生きて行けなかったんでしょう」

「さつきは――でも、それを思い出していますよ、今」

と、畑山は言った。

「思い出して、大丈夫かしら」

「大丈夫です。きっと」

と、畑山は自分に向って言い聞かせるように言った。「きっと……。僕が力になります」

「そう。――そうね」

佐々木江美子は表情を明るくして、「さつきちゃんも、もうそういうことがあっていい年ごろだわ。ぜひ――あなたがあの子を支えてあげて」

そう言って、彼女の手は畑山の手を固く握った。

「――あの」

看護婦が立っていた。「朝野さつきさんの……」

「はい」

と、畑山は立ち上った。

「さつきさんの意識が戻りました」

と、看護婦が言った。

19 責める心

「社長、お電話です」

車の中で、じっと考えごとをしていた倉沢は、秘書に渡された受話器を、一瞬握りしめていた。

出るのが怖いようでもあった。

「――もしもし」

「倉沢さんですか。畑山です」

その声は明るかった。聞くまでもなく、倉沢には分った。

「ご苦労さん」

「さつきさんの意識が戻りました」

「――良かった。君のおかげだ。ありがとう」

倉沢は、本当に頭を下げていた。

「彼女が頑張ったんですよ」

と、畑山は言った。「倉沢さん。――さつき、本当のことを思い出しています」

「そうか」

「母親が死んだときのことも。――辛《つら》いけど、もう大丈夫だって言ってます」

「そうか……」

「あなたのことも、『どうしておじいちゃんだって言ってくれなかったの?』って訊《き》いてほしいそうです」

倉沢はちょっと笑って、

「それに答えるのは、難しいな」

「ともかく、一度顔を出してやって下さい」

「もちろんだ。今日はただ、夕方までどうしても動けない。夜、遅くならない内に行くから、それまでよろしく頼む」

「はい、分ってます」

――倉沢は、一旦《いったん》電話を切ると、さつきを診《み》てくれた青島医師へ電話を入れ、礼を言った。

「――おい。今日の会合は早目に引き上げるぞ。何か上手《うま》い口実を考えておけ」

と、秘書に命じて、腕組みをする。

転院のための根回しなどで疲れていたのだろう。車の中で、ついウトウトしていた。

「――社長、お電話が」

秘書の声で目を覚ます。

ほんの十分ほどだが、眠ってしまったらしい。しかし、大分頭はすっきりした。

「もしもし」

と出ると、

「あの……朝野でございます」

朝野峰子だ。

「ああ、どうした?」

「いえ、実は……」

と、峰子は口ごもりながら、「あの――さつきちゃんのことなんです」

そうか。――あの夫婦はさつきが入院したことを知らないのか。

「さつきがどうかしたのかね」

と、倉沢はわざと訊いた。

「それが……よく分らないんですけど、ゆうべ帰らなかったようなんです」

「帰らなかったようだって？　それはどういうことだ」

「あの——私が、親戚《しんせき》の法事で留守にしていまして」

「亭主がいるだろう」

「はい。留守をちゃんと頼んで行ったんですけど……。何でも、昔の仲間に誘われて飲みに出て、酔い潰《つぶ》れてしまったらしいんです」

「何てことだ。——それで？」

「私が今朝帰って来ますと、主人はソファで寝ていて、さつきちゃんがいません。学校へ行ったのかと思ったんですけど、学校は休みだと……」

事故のことを、学校へは知らせていないのだ。

「一体君たちは何をしているんだ？　もうそんな状態では、とてもさつきを預けてはおけないな」

「お願いです、待って下さい！」

「これまで面倒をみてくれたことには礼を言う。しかし、今後さつきは私の手もとに置く。君たちは、元の通り、二人で暮したまえ」

「社長さん――」

倉沢は構わず電話を切った。

これでいい。さつきは、「倉沢さつき」として、新しい生活を始めるのだ。

「――おい、弁護士の所へかけてくれ」

と、倉沢は秘書へ言った。


「私――お母さんのことを忘れてた」

と、さつきが言った。「あんな人たちのことを、両親だと思って……」

「それが自分を守るために必要だったんだ」

と、畑山は言った。「ともかく、良かったよ。けがが大したことなくて」

「うん……」

さつきはベッドから手を伸して、畑山の手を握った。

「何もかも変るよ」

畑山はさつきの手を握り返した。

「――ねえ」

「何だ？」

「永田さん、大丈夫？」

「永田か。――君が心配することないさ」

「いいえ」

と、首を振る。「きっと、落ち込んでるわ。私が車にはねられるのも、目の前で見てたんだし」

「それは仕方ないよ」

「そうじゃないわ。――私は外からやって来て、あなたを永田さんから奪ったんだもの。私を恨んでも当然よ」

さつきは、畑山をじっと見上げて、「お願い。永田さんに、何も心配ないって言ってあげて」

と言った。

「分った。言っとくよ」

「今。――今すぐに」

「うん。学校じゃ、ちょうど昼休みだな。電話してみよう」

「お願いよ」

と、さつきは念を押した。

畑山は病室を出ると、公衆電話で学校の事務室へかけた。

呼んでもらうのに何分かかかったが、幸い永田由布《ゆう》が出た。

「もしもし」

「永田か」

「ああ……」

「大丈夫か？」

と、畑山は言った。

「私は大丈夫よ。朝野さんは？」

「うん、意識が戻った」

「――良かった」

「ああ。それで、さつきが気にしてるんだ、永田のこと」

「私のこと？」

「何も心配しないで、と伝えてくれってさ。さつきは、事故に遭って、過去と向き合うようになったんだ。けがも大したことない。だから、永田が心配することはないんだ」

「そう」

「そういうことなんだ。——さつきが、早く電話しろって言うから」

「ありがとう……」

「今日は休むけど、明日は行くから。いつも通り走るからな」

「——うん」

「じゃ、そういうことで……」

「ありがとう。——さつきさんによろしく」

畑山は微笑《ほほえ》んだ。

「伝えるよ」

——伝えるよ。

畑山のその言葉が、電話を切ってからも永田由布の耳の中で何度もくり返し響いていた。

「大丈夫？」

事務室の女性が心配そうに、「顔色、悪いわよ」

「大丈夫です」

由布は事務室を出た。

固く握りしめた両手の拳《こぶし》が震えている。――冷たい汗が流れ落ちた。

ひどい。――ひどい。

こんなことって……。

朝野さつきが、せめて由布を恨んで、罵《ののし》ってくれたら。――由布は、惨《みじ》めではあっても、まだ救われただろう。

由布にとっては、さつきから憐《あわれ》みをかけられるくらい、耐えがたいことはなかったのである。

そして、そのことを嬉《うれ》しそうに電話して来た畑山も。――あんまりだ。

由布は、昼休みの廊下を静かに歩いて行った。

女の子たちが、にぎやかに駆けて行く。

その足音も笑い声も、どこかずっと遠くから聞こえてくる幻聴のようだ。

由布は、校舎を出ていた。

上ばきのまま、校庭を横切り、校門から外へ出る。――当り前に歩いて行くと、誰も見とがめもしなかった。

どこへ向っているのか。由布自身、よく分っていなかったのである。

「どうするのよ」

と、峰子は言った。

「どうったって……」

朝野良一は、まだ少し酒くさい息を吐きながら、「俺のせいだって言うのか!」

「だって、そうでしょう」

峰子の口調は冷ややかだった。

怒る気力も失《う》せたというところかもしれなかった。

「たまに仲間に誘われりゃ、酒ぐらい飲む」

「たまに、ですって? 呆《あき》れたわね」

峰子はため息をついて、「私は、さつきちゃんのことが、本当に好きだったわ。それなのにあんたは……」

「もうくどくど言うな。――今さら仕方ねえだろ」

「あんたが、ちゃんと働いていたら……」

「よせってば」

朝野は畳の上に仰向《あおむ》けになった。

「――どうするの、これから」

「どうにかなるさ」

「無責任な人ね、全く！」

峰子は、つくづくいや気がさしていた。

いつか、さつきの記憶が戻って、自分たちの手もとからいなくなってしまう日が来るかもしれない、とは思っていた。

しかし、その日まで、きちんとさつきの面倒をみていれば、倉沢は朝野たちに充分報《むく》いてくれただろう。

それが……。

何もかもふいになってしまった。この飲んだくれのおかげで。

峰子は立ち上った。

「おい、どこへ行くんだ？」

夫の声を無視して、峰子は玄関へ出て行った。そして、サンダルを引っかけ、ドアを開けると——。

一瞬、さつきが帰って来たのかと思った。

「——朝野さんですね」

と、その女の子は言った。

「ええ……。あなたは？」

「私、永田といいます」

「永田さん……」

「さつきさんと同じ学年で。——ちょっとお話があるんですけど」

大人びた子だった。

峰子は、チラッと奥の方へ目をやると、

「じゃ、外で話してもいい？　今、ちょっと散らかってるんで」

と言った。「さつき、今日は学校を休んでるんでしょ」

「ご存知ないんですね」

と、少女は言った。「さつきさん、入院しています」

峰子は一瞬青くなった。

「そういうことだったんですか」

峰子は、永田由布の話を聞いて、ともかくホッとした。

さつきが事故にあって入院したと知って、本当に一瞬、心臓が止るかと思った。しかし、大したけがではなかったと分って、安堵《あんど》したのだ。

「さつきさんはお二人のお子さんじゃないんですね」

と、由布は言った。

「ええ……。色々事情がありましてね」

峰子は言葉を濁した。

さつきの母親が自殺したということは知っている。しかし、朝野夫婦はその詳しいいきさつを聞いたわけではなかった。

峰子は、ふっと我に返って、

「お茶もさし上げなくて、ごめんなさいね」

と、腰を浮かした。

夫に聞かせたくないと思ったのだが、立ち話をするわけにもいかず、永田由布に上ってもらった。朝野は幸い酔って眠っているようだったので、襖《ふすま》を閉めて話を聞いたのである。

「お構いなく」

と、永田由布は首を振って、「ただ、さつきさんが入院していることをお知らせしたくて。私、学校へ戻ります」

「ああ、そうでしたわね。学校があるのに——。本当にありがとう」

「いいえ」

由布は少し黙って座っていたが、「――さつきさんは、もう家へ帰らないと言ってるそうです」

「帰らない？」

「本当の両親でもないのに、一緒に暮したくないって」

「そうですか……」

峰子はため息をついて、「そう言われてしまえば、事実ですから……」

「でも、ずっとさつきさんの面倒を見てらしたんですものね。本当の親でないのに、そうするのは大変ですよね」

「そうおっしゃっていただくと……」

「畑山君が――」

「畑山さん。――ああ、あの男の子ね。一度さつきを送って来てくれた……」

「畑山君のことを、さつきは好きなんです。畑山君が、お二人のことを、さつきさんを騙《だま》してた、とか言ったらしくて。さつきさんはそれを真に受けてるんだと思います」

と、由布は言った。「さつきも、少しすれば分るようになると思います」

「――ありがとう。ご親切に」

と、峰子は頭を下げた。

「これで失礼します」

由布は立ち上って、軽く一礼した。

峰子は玄関へ送りに出て、

「病院へは伺わない方がいいでしょうね」

と言った。「ごめんなさい。あなたにこんなことを言っても……」

「いらしてもいいと思いますけど、私」

と、由布は言った。「病院はT病院です」

――永田由布が帰って行った後、峰子は何となく落ちつかず、茶碗《ちゃわん》を洗った。

喜ぶべきことなのだろう。さつきが記憶を取り戻したというのだから。

峰子はお金のことを別にしても、さつきを好きだった。さつきも朝野にはあまり近寄らなかったが、峰子には、

「お母さん」

と言って、何くれとなく頼って来てくれていた。

実子のない峰子にとって、この「お芝居」は楽しいひとときだったのである。

そうだ。——たとえ会ってくれなくてもいい。

さつきの身を心配して、やって来たということだけでも、分ってくれたら。

T病院へ行こう。

峰子は急いでタオルで手を拭《ふ》いた。

夫が寝ているかと覗《のぞ》いて、峰子は、

「あら」

と呟《つぶや》いた。

夫がいない。

トイレや、奥の部屋も覗いたが、どこにもいなかった。

峰子は自分の身仕度をして、玄関へやって来たとき初めて気付いた。

夫の靴がない。

出かけたのだ。——どこへ？

峰子は、何かにせかされるように家を出たのだった。

20 怒りのとき

「畑山君……」

と、さつきが言った。

「何だ？」

病室のソファで、少しウトウトしていた畑山は、ベッドのそばへ行った。

「ごめん、眠ってた？」

「寝る子は育つ、さ。まだ育ち盛りだからな」

「そうだね」

と、さつきは微笑《ほほえ》んだ。「――私も」

「何が？」

「育ち盛り。だから、お腹《なか》が空《す》いたの。夕ご飯まで待てないわ」

畑山は笑って、

「何でも買って来てやる。売店に、何でもあるぞ。何がいい?」

「そうね……」

さつきは少し天井をにらんでから、「おいしいもの!」

と、茶目っけを含んだ口調で言った。

畑山は苦笑いして、

「おい……。それじゃ、僕が片っ端から食べてみなきゃいけないじゃないか」

「太るわね」

「そうさ。大会が近いってのに。よし、何か買ってくるよ」

「急いでね。私が飢え死にする前に」

さつきは、入院して、わがままを言うことを楽しんでいるようだった。

――畑山は、エレベーターで一階へ下りると、〈売店〉の矢印に従って、廊下を歩いて行った。

総合病院の中は分りにくくできているものだ。畑山は、さつきが入院して、何度か必要なものを買いに売店へ行っていたが、それでも矢印を追わないと辿《たど》り着けなかった。

売店は、退屈を紛らわしに来ているような入院患者や、その付添の人で混んでいた。

畑山は少し迷ってから、サンドイッチとおにぎりのパックを買って、エレベーターの方へ戻って行った。

見舞客のふえる時間か、エレベーターの前には大勢、花や風呂敷《ふろしき》包みを持った人が待っている。ちょうど扉が開いて、畑山はその大勢と一緒に乗った。

扉が閉りかけたとき、急ぎ足で乗って来たのは――。

「やあ、君か」

「倉沢さん」

畑山は、ちょっとびっくりして、「もっと遅くなってからみえるんだと思ってました」

「そのつもりだったが、どうしても待っていられなかった」

と、倉沢は言った。「さつきの顔を見たくてね。急病だと言って、すっぽかして来た」

「そうですか。さつき、喜びますよ」

「それは？」

「お腹が空いたって言うもんですから」

「それは頼もしい」

と、倉沢は微笑んだ。

――同じエレベーターの中で、畑山と倉沢に背を向け、朝野は二人の話に耳をそばだてていた。

もし倉沢がすぐ畑山を見付けなかったら、朝野がいることに気が付いていたかもしれない。しかし、二人は話をしていて、周囲の人間のことなど、全く見ていない。

畑山が先に立ってエレベーターを降りる。

他にも五、六人が降りたので、朝野は気付かれずに二人の後をついて行くことができた。

あいつめ。――朝野は、倉沢の背中をにらみつけた。

俺のことを飲んだくれ扱いしやがって！

俺は自分に向かない仕事をしたくなかっただけだ。当り前のことじゃないか。

それを怠け者だの何だのと……。そりゃ、少しは賭《か》けごとで損もしたが、人間、楽しみがなくちゃ生きていけやしない。

朝野は足を止めた。

二人が病室のドアを開けて中へ入って行くのが見えた。

「——何買って来てくれたの？」

と、さつきは言って、「あ……」

と、目を見開いた。

「やあ」

倉沢がベッドのそばへ寄って、「急いだので、何も買って来なかったが」

さつきは手を伸して、倉沢の手を握りしめた。

倉沢は微笑んで、

「気のきかない見舞客だね」

と言った。「明日は何でも持って来てあげる」

「おじいちゃんがいてくれれば、それで充分」

と、さつきは言った。「私——でも、何となく分ってたような気がする。会っていて、とても懐《なつか》しい気持がしてたの」

「すまなかったな。——私自身、いつも家にいない父親に、とても寂しい思いをしていたので、朝野夫婦に預けたんだが」

「よくしてくれたわ。〈お母さん〉は、やさしかった」

「私の考え違いだったよ」

「もう、私一人でも大丈夫」

と、さつきは小さく肯《うなず》いて見せた。

「そうか。この畑山君もいるしな」

と、倉沢は冷やかすように、「おじいちゃんは邪魔者かもしれないな」

「意地悪ね」

と、さつきは笑って赤くなった。

病室のドアが開いて、看護婦が入って来る。

「検温です」

「ちょっと出ていよう」

と、倉沢が出て行く。

看護婦はさつきの熱を測り、脈を診《み》て記録すると、

「心配なさそうね」

と、笑顔で言った。「それじゃ」

「どうも……」

さつきは畑山を見て、「買って来てくれたもの、ちょうだい」

と言った。

「忘れてた！　――サンドイッチとおにぎりだ。どっちがいい？」

「両方」

と、さつきはためらわずに言った。

ウェットティシューで手を拭《ふ》くと、さつきはおにぎりを頬ばった。

「――おいしいわ」

「食べ過ぎて、お腹こわすなよ」

「平気よ」

「お茶、飲むか？」

「うん」

畑山がペットボトルのお茶を湯呑《ゆの》み茶碗《ぢゃわん》に注いでさつきに渡した。

病室のドアが開いた。

「おじいちゃん――」

と言いかけて、さつきはびっくりした。「先生！」

倉沢の後ろから、市橋涼子が顔を出したのである。

「廊下でお会いしてな」

「お邪魔していい？」

「ごめんなさい。食事中で」

「いいのよ、食べてて。——心配で、顔が見たくなったの」

涼子は微笑んで、「良かったわ、どう見ても病人じゃないわね」

「けが人ですよ、先生」

と、さつきは言った。「ご心配かけて」

「良かったわ、本当に」

涼子はさつきの手を握った。「でも——悪いけど、畑山君はここにずっとはいられないのよ。大会も近いしね」

「分ってます」

「毎日、顔出すよ」

と、畑山は言った。「そう長く入院してないだろうしな。その元気なら」

「知らせたいことがあって」

と、涼子は弾んだ口調で、「中本先生の手術が来週と決ったのよ」

「やった!」

と、思わずさつきは声を上げた。

「抗ガン剤も効いて、移植できる状態になったって。——うまく行けば、すっかり元気になるわ」

「きっと良くなりますよね」

「そう信じてるわ。——倉沢さんにも、そのお話をしたところ」

「さすがに私の孫だ」

倉沢が一杯に笑みを浮かべて、「これじゃ私の自慢になってしまうかな」

ベッドのそばに、涼子、畑山、倉沢が立っていた。

さつきの目に、ドアが開くのが見えたが、誰が入って来たのかは、涼子のかげになって見えない。

看護婦さんかしら？　それともお医者さん？

「畑山君は、そりゃあ足が速くて」

と、涼子が言っている。

「この子の母親も、足が長くて、いつもリレーの選手だったものです」

と、倉沢が、まるで自分のことのように得意げに話している。

畑山が少し傍《わき》へよけて、振り返った。

「——危い！」

と、畑山が言った。

ベッドに寝ていたさつきには、何が起ったのか分らなかった。

誰かが怒鳴った。――何と言ったのか、聞き取れない。

「何をする！」

と、ベッドの方に背中を向けた倉沢が言った。

「やめろ！」

と、畑山が叫んだ。

ベッドに、人が折り重なるようにぶつかって来た。さつきは、ベッドが動いて壁にぶつかるのを感じた。

何？　何が起きたの？

畑山が、朝野の腕をつかんで引張っているのが見えた。――朝野は顔を真赤にして、怒りの形相《ぎょうそう》で、倉沢につかみかかっている。

「貴様が――」

喚《わめ》く言葉はほとんど聞き取れない。

「馬鹿《ばか》はやめろ！」

と、倉沢がよく通る声で言ったが、朝野の手を振り払った弾みで足を滑らして転んだ。

「危い！」

涼子が倉沢を支えようとして、一緒に尻《しり》もちをつく。

「よせ！」

畑山が、朝野を体ごと押しやるようにして、倉沢から引き離した。朝野が後ずさりしながらよろけ、戸棚にぶつかって倒れた。小さなテーブルが引っかけられて、上にのせてあったコップやポットが床に落ちる。

「——大丈夫ですか？」

畑山が倉沢を助け起こした。

「ああ。——人を呼べ」

「ええ」

——血の気がひいた。

こんなこと……。どうして？

さつきはナースコールのボタンを押していた。

朝野が喘《あえ》ぎながら、起き上ろうとしている。テーブルにつかまろうと手をのばした拍子に、花びんを落とした。

ガラスの花びんが床で砕けた。

「どうしたの！」

その音でドアを開けた看護婦が目を丸くする。

「気を付けて！」

と、畑山が言った。「その人が暴れてるんだ！　誰か呼んで来て下さい！」

朝野は立ち上ると、看護婦を突き飛ばして廊下へ出て行く。

「待て！」

畑山が追った。

「やめて、畑山君！」

と、さつきが叫んだときは、もう畑山は出て行ってしまっていた。

「――ご用ですか？」

ナースコールに答える声が、のんびり聞こえる。

「誰か来て！　大変なの！」

と、さつきは叫んだ。

廊下で何かが激しく壊れる音がした。金属のぶつかる音。ガラスの割れる音。

居合せた人の悲鳴も聞こえる。

「先生、畑山君を止めて！」

「分ったわ」

涼子が急いで駆け出して行く。

「――何てことだ！」

倉沢が声を震わせて、「あいつ、どうかしてるぞ！」

「酔ってたわ」

「もうお前の面倒をみなくていいと言ってやった。それが不服で――」

さつきは息をのんだ。

病室へ、畑山が入って来た。涼子が必死で支えている。

畑山は顔をしかめて、足をひきずっていた。右足の太腿《ふともも》を押えた手が血だらけだった。

「畑山君……」

「あの人ともみ合ってて、ガラスの破片が刺さったの！」

涼子がソファに畑山を座らせた。

「早くお医者さんを！」

呆然《ぼうぜん》としていた看護婦が廊下へ出て、

「先生！　けが人です！」

と叫んだ。

そして、すぐに畑山の所へ駆け寄って、

「傷を。——待って、ズボンを切るわ」

プロの口調になっていた。

さつきは、畑山のズボンが切り裂かれると、流れ落ちる血に青ざめた。

「ここから連れ出して下さい」

と、畑山が言った。「彼女が——」

倉沢がさつきの視界を遮《さえぎ》るように立った。

「おじいちゃん……」

「私のせいだ」

倉沢が絞り出すような声で言った。「私のせいだ……」

——廊下は、大騒ぎになっていた。

若い医局員が何人かで朝野を取り押え、駆けつけたガードマンに引き渡した。

「ガラスの破片を踏まないで！」

看護婦が大声で注意し、急いで後片付けをしている。

——峰子は呆然と立ち尽くして、夫がガードマンに腕を取られ、すっかりおとなしくなって連れて行かれるのを見ていた。

もう少し――もう少し早く来ていたら。

さつきの病室のドアから、あの畑山という少年が運び出されて来るのを見て、峰子は悟った。

何もかも終ったのだ。さつきとの「家族ごっこ」の日々は、もう戻って来ない。

峰子はさつきの病室の方へ向って頭を下げると、逃げるようにそこから立ち去って行った……。

21　明　暗

足音が、市橋涼子の前で止った。

「やっぱり、いらしてたんですね」

その声に、涼子は顔を上げた。

「奥様……」

「奥様はやめて下さい」

と、中本忍は言った。「そんなに年齢も違わないじゃありませんか」

涼子は外来待合室の長椅子《ながいす》から立ち上った。

「すみません。伺うべきじゃないと思ったんですけど」

「もう言わないで下さい」

忍が涼子の手を取った。「手術は今、始まりました」

「そうですか」

「少し予定より遅れて。——担当の先生に急患が入ったとかで」

「じゃあ、これから……」

「長いと、五、六時間かかると言われています」

忍は壁の時計へ目をやって、「夕方になりそうですね。——学校の方はいいんですか？」

「はい。今日は身内の結婚式で休むと言ってあります」

涼子は、ちょっと頭へ手をやって、「昨日、わざわざ美容院へ行ったんです」

「まあ、ご苦労さま」

と、忍は微笑《ほほえ》んだ。

——今日は、中本雄一の、骨髄移植手術の日である。

涼子は、数日前から休暇届を出し、今日はここへ来ることに決めていた。

午前中に始まると聞いていたので、午前十時には病院へ着いていた。しかし、やはり自分が妻の忍を押しのけて出るわけにいかない。

こうして、外来の混雑する待合室の隅に、じっと座っているのである。

「一緒にいらして」

と、忍が言った。「手術室の前に座ってましょう」

「でも……」

と、涼子がためらう。

「あなたが、ドナーを見付けて下さったんじゃありませんか」

忍は、明るい口調で言った。「主人を救うために仲良くなれたら、それでいいんじゃありません？」

涼子は胸が熱くなった。

まさか、中本の妻からこんな言葉を聞くことがあろうとは！

「——お言葉に甘えて」

と、涼子は頭を下げた。

「さあ、ご一緒に」

と、忍は涼子を促した。

病院は、忙しく駆け回る医師や看護婦、そして順番を待つ患者で溢《あふ》れ返っている。

二人はその間を縫って、エレベーターへと向いながら——。

「健康でいることのありがたさが分りますね」

と、忍が言った。「本当に。——私も、主人がこんなことになるまで、人間、普通にしていれば元気でいられるもんだと思ってましたわ」

「——分ります」

涼子が肯《うなず》く。

「主人は運がいいわ。大勢の方の力で、生きる希望を手に入れることができた。中には、そんなすべを持たない患者さんもあるでしょうに」

忍の言葉にも表情にも、苛立《いらだ》ちやとげとげしさは消えていた。

「きっとまた、教師に戻れますよ」

と、涼子が言うと、

「どうかしら。——でも、ともかく生きていてくれることで充分。以前は色々文句も言いましたけど」

「お元気になれば、また何か言いたくなりますよ」

「きっとそうね」

二人は顔を見合せて、ちょっと笑った。

――中本の妻と一緒に笑う。

そんなことが起るなんて！　人生とはふしぎだ、と涼子は思った。

もちろん、いいことばかりが起るわけではないにしても……。

手術室のフロアの待合室は、患者でなくその家族が待つので、静かである。今は他に二つほどの家族がそれぞれ四、五人ずつ固まって座り、ほとんど沈黙していた。

涼子は忍と並んで腰をおろした。

「――市橋先生」

忍にそう呼ばれて、涼子はドキッとした。

「大丈夫なんですか？　学校の中で、とても辛《つら》い立場におられるんですってね。私、何も知らなくて」

「いえ……。子供じゃありませんもの。自分の取るべき責任は分っています。もちろん――校長の冷たい仕打には腹が立ちますけど、それでめげていたら負けですもの」

「主人のせいで……」

と、忍はため息をついた。「ごめんなさいね」

「いえ――。こうして、ご主人が病気になられなかったら、私、いつまでも何となく生きていたかもしれません。ほどほどのところで妥協しながら。でも、ここからは一歩もひけないってことが、人間にはあるんですよね。そこで踏み止まる勇気を与えて下さったのは、ご主人と奥様です。それと――生徒たち」

忍は肯いて、

「主人も言っていました。『今の子供たちは、何を考えてるのかさっぱり分らんと思っていたが、本当は俺たちの方に分ろうとする努力が足りなかったんだな』って」

「たぶん、子供たち自身も、自分の可能性に気付いていないんです。ご主人のことで、人一人の生死が、自分にとって、どんなに大きな意味を持つか、初めて知った子が沢山いると思います」

忍は、ふと思い出したように、

「私が学校で会った、あの女の子……。どうしてます？」

と訊《き》いた。

涼子の表情がくもった。

「そのことで……。ご主人にもお話ししませんでしたが、色々大変なことがあって……」

と、口ごもる。

「何か――悪いことが？」

涼子は、背筋を伸した。

「手術が終ったら……。お話しします。今、その話はしたくないので……」

廊下を看護婦が通って行く。


「――今、何時だ？」

と、畑山が訊いた。

さつきは花びんの水を換えていたが、手を止めて振り返ると、

「起きてたの。――眠ってると思ってた」

と、ベッドのそばへやって来ると、「もうすぐお昼よ」

「中本先生の手術、どうしたかな。――今日だろ？」

「うん」

さつきはベッドのそばにかけた。「終ったら、市橋先生から電話が入ることになってるわ」

「そうか。――うまく行くよな、きっと」

「そうね」

「僕の分の幸運を、先生にあげたんだ、きっと」

畑山の言葉に、さつきはちょっと目を伏せた。

「気にするな。ごめんよ、冗談のつもりで……」

畑山がさつきの手を握った。

――さつきはもう退院できる状態になっていた。

しばらくは通院して、脳に異常がないか、ＭＲＩで調べたりする必要はあったが、まず心配ないと言われている。

今は、足を負傷した畑山の方が入院患者だ。

「中本先生、がっかりするわね。畑山君が出られないって分ったら」

「よせって。もう大会がないわけじゃないぜ。治ったら、また走るさ」

と、畑山は言った。

「私……学校へ行きたくない」

と、さつきは言った。

「さつき……」

「私のせいで、こんなことに……。みんな怒ってるわ、きっと」

「事故と同じさ。君のせいじゃない」

さつきは畑山の胸にそっと頭をのせて、息をついた。

「でも……永田さんが……」

永田由布《ゆう》は、一度も見舞に来ていなかった。

むろん、畑山の身に起ったこと、その事情も知らないわけがないが。

「あいつだって、いつまでも君のことを恨んじゃいないさ」

畑山の言葉は嬉《うれ》しいが、それが畑山の「願望」でしかないことを、さつきは分っている。

「私がいるから、お見舞に来られないのよ」

「もう忘れろって」

畑山がさつきの頭を引き寄せて唇を触れ合せると、さつきは小さく震えた。

さつきにとっての救いは、畑山の家族が少しもさつきのことを怒っていないことだった。畑山がよく説明したのだろうが、その優しさがさつきの、自分を責める辛さをずいぶん軽くしてくれた。

「――お宅の方が見えるわ。お湯、入れかえてくる」

さつきは頰《ほお》を赤らめて、急いでベッドから離れると、ポットを手に病室を出た。

祖父の倉沢貞吉が、畑山のけがに責任を感じて、特にいい個室を用意させたので、見舞の時間もかなり自由である。

さつきは給湯室に入ると、湯沸器の熱湯をポットに入れた。

「——熱い！」

ちょっとはねたお湯が手に飛んで、あわてて手を引っ込める。

「楽しそうね」

給湯室の入口に、永田由布が立っていた。

「永田さん。——もう病室に？」

「いいえ。だって、畑山君にはあなたがいれば充分でしょ」

「そんな……。せっかく来てくれて、会わずに帰るなんて、畑山君もがっかりするわ」

由布が、黙ってさつきを見つめる。——冷ややかな、皮肉な視線だった。

さつきは視線をそらして、

「どうして黙ってるの？」

と言った。

「何て言えばいいの？　何を言ったって感じないような人に」

「そんな……」

「私ならいられないわよ。自分のせいで畑山君が大けがして、大切な人会に出られなくなったら。あなた、平気な顔して看病してるじゃないの。楽しそうにね」

さつきは言い返したかったが、言葉が出て来なかった。

由布の言葉は、さつき自身が自分へ向けた言葉そのものだった。

「世話女房の真似《まね》ごとって、面白い？」

と、由布は皮肉った。

さつきはポットを手にさげて、

「もう戻らないと」

と言った。「畑山君に会って行くでしょ？」

「いいえ、帰るわ」

由布は、背中へ回していた手を前へ出した。花束が現われる。

「これ、学校のみんなからのお見舞。私が代表で来たの」

と、由布は言った。「来たかったわけじゃないのよ。でも、どうしても私に行けって言うから……」

「それなら、自分で渡して」

由布の、さつきを見る目が険しくなった。

「——何も分ってないのね」

と、由布はいっそう冷ややかな声で言った。「みんな、あなたのことを赦《ゆる》していないわよ。何もなかったような顔で、学校へ出て来るつもり？　誰からも口をきいてもらえないって、覚悟しとくのね」

さつきはやや青ざめた。

由布はさつきの胸に花束を押し付けて、

「一応渡すわ。私の役目ですからね」

と言った。

由布が手を離すと、花束はさつきの足下に落ちる。さつきがかがみ込んで拾い、顔を上げると、もう由布は足早にエレベーターへと向って行くところだった。

——みんな赦していない。誰も口をきいてくれない……。

想像していたこととはいえ、由布の言葉はさつきを怯《おび》えさせた。

お母さん……。

お母さんを死へ追いやったように、私、あの人を傷つけてしまった。あの人が私の味方をし続けたら、私だけでなく、あの人までが、みんなから孤立してしまう……。

さつきは花束の匂《にお》いをかいだ。

この花束は、「彼のためのもの」なのだ。私のものじゃない。

さつきは重苦しい足どりで病室へと戻って行った。

ドアを開けると、笑顔がさつきを迎えた。

「――おじいちゃん！」

倉沢貞吉がにこやかにさつきを迎えて、ポットを受け取ると、

「花か。誰からだ？」

「あの……学校から。今、クラスの子が届けてくれたの」

さつきと目が合って、畑山は察した様子だった。

「花びんに入れるわ」

と、さつきは急いで、空の花びんを取りに行った。

22　階段

さつきが、洗面台の所で花びんに水を入れていると、すぐ後ろに倉沢が立った。

「――どうしたの？」

「ここへ、朝野峰子が来なかったか」

倉沢は、畑山に聞こえないように、小声で言った。

「あの人――。来てないと思うけど」

「そうか。姿を消してしまって、行方が分らん」

「まあ……。きっと、会いたくないのよ、おじいちゃんや私と」

「かもしれんな」

「お父さん――朝野さんは？」

「留置されてるよ。私にも責任はある。腹は立つが、状況はちゃんと見ている」

「峰子さんは気の毒だわ。とてもやさしくしてくれた」

「ああ、分ってる。相談に乗ろうとも思ってるんだが……。あの家には帰った様子がないんだ」

と、倉沢は言って、「それと、一つ妙だと思うんだが」

「え？」

「あのとき、朝野はなぜこの病院にお前が入院していると知ってたのかな。私は何も言わなかったが」

「朝野さんは何て言ってるの？」

「取り調べにも、言うことが混乱して、わけの分らないことを言っているらしい」

「そう……。私には見当もつかないわ」

「まあ、今さらどうしようもないが……。ただ、畑山君に申しわけがなくてな」

「彼は怒ってなんかいないわ」

「ああ、立派な若者だ」

と、倉沢は肯《うなず》いた。「お前にふさわしい人だな」

「やめて。――まだ子供よ」

さつきは少し頰を赤らめた。

そして、ふと思った。

中本先生の手術、どうなったかな。

エレベーターがなかなか来ないので、苛々《いらいら》した永田由布は階段で下りることにした。四階だ。大したことはない。

階段の辺りは、廊下の外れになっていることもあって、人がいない。

下りかけて、由布は、

「お嬢さん」

という声に振り向いた。

「——ああ」

由布はその女性をやっと見分けた。さつきの「母親」といっていた人だ。

しかし、急に老《ふ》け込んでしまったようで、一瞬誰だか分らなかったのである。

「朝野峰子です。お分り？」

「ええ」

「今、あなたがさつきちゃんと話しているのをね、聞いてしまいました」

と、峰子は言った。

「それがどうかしました？　私、学校へ戻らなきゃならないんです」

と、由布は言い返した。

「お嬢さん。確かに主人は馬鹿《ばか》なことをして、あの男の子にけがまでさせました。でも、私や主人に、さつきちゃんがここへ入院していることを教えてくれたのは、あなたでした」

「訊《き》かれたから言ったのよ」

「いいえ」

と、峰子は首を振って、「私が、病院へ伺わない方がいいでしょうね、と言ったとき、あなたがT病院だとおっしゃったのよ」

「だから何だっていうんですか？」

「あなたは気が付いていたんですね。主人に話が聞こえていることを」

由布の表情がこわばる。――峰子が肯くと、

「やっぱりね。――あなたは私たちがもめ事を起すのを期待してたんでしょ？　あんなひどいことじゃなくても」

「馬鹿げてます」

「そう。馬鹿なのは主人です。でも、何もかもさつきちゃんが悪いような言い方は不公平ですよ。あの子は学校で孤立して、心を病んでしまったんです。また同じことを

くり返させるつもり？」

「放っといて！」

と、由布は言い返した。「あなたに関係ないでしょ！」

「いいえ。そうはいきません」

と、峰子は首を振って、「私は、ほんのひとときでも、あの子の母親だったんです。あの子が苦しむのを見ていられない」

「じゃあ、どうするっていうんですか？」

「あの子と、畑山さんに話して来ます。必要なら学校へも行って、先生や生徒さんたちに話します」

由布の顔がサッと紅潮した。

「そんなこと、許さない！」

由布は峰子の腕をギュッとつかんだ。「黙って帰って！」

「それはできないわ。それとも、あなたがさつきちゃんに謝って下さる？」

「私が？　私がどうして謝るの？」

「あなたはひどいことを言ったのよ。分らないの？」

「分るもんですか。あの子は私から畑山君を奪ったわ。それだけだって、どんな仕返しされても当然よ」

「──やっぱりね。そういうことだったんですね」

と、峰子は肯いた。「一緒にさつきちゃんの所へ行きましょう」

「やめて！」

峰子を突き放す手に、つい力が入った。同世代の子を相手にしているような気持だったのだ。

峰子がよろけて、階段の下り口まで後ずさった。

アッと声を上げる間もなかった。峰子の体が階段を転り落ちて行く。

映画で見るような、ゆっくりした動きではなかった。一瞬の後、峰子は階段の踊り場に横たわっていた。

まるでその途中のフィルムが切れてしまったかのようだ。

──由布は息を吐き出した。

私がやったんじゃない。あの人は勝手に落ちたのよ。

由布は、そっと階段を下りて行った。

今にも峰子が起き上り、「ああ、痛かった！」と顔をしかめて言うだろうと思った。

それほど、峰子は当り前の様子で──というのも妙だが──倒れていたのである。

しかし、由布がすぐそばに寄って行っても、峰子は全く動かなかった。

「冗談やめてよ。——ねえ」

由布の声が少し震えた。

まさか。——まさか。

こんなことって——こんな馬鹿なこと、あるわけないわ！

階段の上の方で、看護婦らしい声がして、由布は反射的に階段をさらに下へと駆け下りていた。そして足を止める。

「あら、誰かしら？　倒れてる」

「落ちたのかしら」

バタバタと急いで下りる足音。

少し間があって、

「大変、呼吸が止ってる！」

「先生を呼ぶわ！」

由布はそこまで聞いて、一気に階段を一階まで駆け下りた。

私がやったんじゃない！　あの人が勝手に落ちただけなのよ！

病院を出ても、由布は誰かに追われているかのように駆け続けた。

汗がふき出し、息が切れた。

まるで、いつも走ったことなんかない子のように、喘《あえ》いでいた。

赤信号だ。

立ち止って振り返ると、病院は遥《はる》か遠くに見えた。知らない内に、ずいぶん走って来たらしい。

私——どうしたっていうんだろう？

病院へ、畑山君を見舞って、そして……。そして……。

何もない。——そう、何でもなかったんだわ。

あんなこと、夢だったんだ。決ってる。

由布は呼吸を整えた。

何といっても陸上の選手である。すぐに心臓もいつものペースで打ち始めた。

何でもないのよ。私の身には何も起らない。

そうよ。私はあのさつきとは違う。ちゃんと毎日学校へ通ってるんだもの。

由布は、横断歩道で並んで信号の変るのを待っていた中年のおじさんに、

「いいお天気ですね」

と、ニッコリ笑いかけて、相手を呆然《ぼうぜん》とさせたのだった……。

「――さつきさん、お電話が」

顔なじみの看護婦さんが呼びに来てくれた。

「はい！」

さつきは立ち上ると、「きっと市橋先生だわ」

と、畑山に言った。

ナースステーションへと小走りに駆けて行き、

「――もしもし」

と、受話器を取ると、

「さつきさん？　市橋よ」

その声で、もう分った。でも一応は、

「どうですか？」

と訊く。

「手術、今終ったわ、無事に」

「良かった！」

と、息を吐く。

「これから何日間かが勝負ですって。うまく適合してくれたら」

「きっと大丈夫ですよ」

「そうね。――ありがとう、さつきさん」

「先生の力ですよ」

と、さつきは言った。

「ともかくホッとしたわ！　畑山君はどんな具合？」

「のんびりしてます。――さっき、永田さんがお見舞に」

「そう。私も後で寄るわ」

「はい、そう伝えます」

受話器を置いて、さつきはともかく一安心だった。

中本が元気になって、また畑山のコーチになる。そんな日が来るかもしれない。

「――ねえ、さっきの人は？」

看護婦同士の話が耳に入ってくる。

「階段から落ちた人？　だめだった」

「へえ。たったあれだけなのに」

「打ちどころ、悪かったんじゃない？　でも、誰か走ってく足音がしたって？」

「うん、ちょっと聞いた」

「一応変死ってことで、警察へ連絡したわ」

——階段から。

さつきは、畑山の病室へと戻りながら、思った。

運の悪い人だわ。階段から落ちて亡《な》くなるなんて。

人間、いつ何があるか分らない……。

でも、事故なら事故で諦《あきら》めもつく。畑山君の場合は……。

いけない。——いけない。

明るい顔で。

さつきは笑顔を作ると、病室のドアを開けて、

「手術、無事終ったって！」

と、大きな声で言った。

23 晴れ間

「おめでとう、市橋先生」

朝、靴をはきかえていた市橋涼子は、いきなりそう声をかけられて面食らった。

「何でしょう？」

と訊《き》き返すと、

「中本先生のことですよ。手術、成功だったそうですね。良かった」

「——どうも」

何と答えていいか分らず、涼子は小さく会釈《えしやく》した。

自分は中本の妻ではない。「おめでとう」と言われるのは少し筋が違う。

それに、骨髄の検査への協力を求めたとき、今の教師も、ただ黙ってうつむいていた。成功したからといって、「おめでとう」と言われても、素直に礼など言えるものか。

ましてや、

「おかげさまで」

などとは決して言わない。

子供じみていると言われても、「あなたたちの『おかげ』などではない」と言ってやりたい。

しかし――どこからどう話が伝わったのか。学校中にもすぐ広まるだろう。

――涼子が担任のクラスへ入って行くと、生徒たちの間に、自然に拍手が起った。

涼子は微笑《ほほえ》んでいた。

「みんな――ありがとう!」

生徒たちには心から礼を言わなくてはならない。いや、むしろ自然に、感謝の心で頭を下げていた。

「中本先生の手術は成功しました」

と、改めて言うと、ワーッと教室中が歓声を上げる。

「まだすっかり安心はできないのよ」

と、涼子は言った。「でも、きっと中本先生は良くなると信じてます」

――覚悟をしなくてはならなかった。

こうして知れ渡った以上、当然校長の耳にも入る。校長がどうするか。黙っているとは思えなかった。

だが、何も怖くない。

生きるか死ぬかの瀬戸際《せとぎわ》に置かれた中本、そしてその妻の気持になれば――いや涼子だって同じことだったが、

「生きてさえいてくれたら」

と思った。

たとえ職を失ったとしても、生きていれば必ずやり直せる。

クビにするならすればいい。――中本を助けなかったことを一生悔みながら教壇に立って何になろう。

「さあ、今日も元気でいきましょうね」

と、涼子が教室の中を見渡したとき、教室のドアが開いた。

「遅れてすみません」

と、さつきが頭を下げる。

「いいのよ。席に」

「はい」

さつきは、うつむき加減で自分の席へと歩いて行った。

みんなの視線がさつきに集まる。

涼子は、さつきが中本を救うために、どれだけ力になったか、みんなに思い出させようとした。

しかし、涼子が口を開くより早く、

「畑山君のけが、どう？」

と、名取弥生が訊いたのだ。

「うん。——そんなにひどくないって」

と、さつきは答えた。

「さつきにそばにいてもらえて、退院したくないんじゃない？」

と、他の子が言うと、クラスの子たちが一斉に笑った。

それは明るいからかいの笑いで、さつきを暖かく包んでくれた。

さつきはホッとした表情で、少し頰《ほお》を紅潮させると、自分の席についた。

涼子と目が合う。二人は笑みを交わした。二人にしか分らない、安堵《あんど》の笑みだった……。

昼休みまでは、何ごともなかった。

お昼のチャイムで、涼子が職員室へ戻ると、

「市橋先生」

と、事務の女の子が呼んだ。「校長先生がお呼びです」

来たか、と思った。

せめてお昼ご飯くらい食べさせてほしいわね、と内心ブツブツ言いつつ、校長室へ向う。

緊張も気負いもない。何を言われても、冷静に聞いていられる自信があった。

「——失礼します」

と、ドアを開けて入ると、校長室のソファに、校長の他、見知らぬ男女が座っていた。

「ああ、市橋先生。お昼休みにすみませんね」

校長がいやに愛想良くしてくるので、気味が悪かった。

「こちらが、今お話しした市橋涼子先生です」

何の「お話」だろう？　——涼子が戸惑っていると、

「初めまして。私、こういう者で」

名刺はカタカナ名前の、何をしているのかよく分らない会社のものだった。〈チーフ・プロデューサー〉とある。

女性の方の名刺は、全く別の会社のもので、〈コーディネーター〉という肩書。

「市橋です」

と、わけが分らぬままに、空いたソファに腰をおろすと、

「私ども、Kテレビの〈アフタヌーン・ワイド〉の仕事をしておりまして」

「はあ……」

「その中の、〈スペシャル〉枠で、ぜひ、先生のことを取り上げたいと存じまして、伺ったんです」

「私のこと？」

「白血病の先生のために、ドナーを求めて大変な努力をされたと伺いました」

と、女性の方が言った。「生徒さんたちも、大勢の方が自発的に検査を受けられたそうですね。今、教師と生徒の間に信頼が失われている時代に、すばらしいお話です」

涼子は呆然《ぼうぜん》としていた。

「中本先生の手術は成功だったそうですね」

校長に言われて、涼子は、

「はい……」

「市橋先生の努力の賜《たまもの》ですよ」

涼子はニコニコ笑っている校長の言葉に、ただ唖然《あぜん》とするばかりだった。

「結局、どなたが骨髄の提供を？」

「あの……他校の教師の方です。うまく適合して」

「生徒さんたちの祈りが通じたんですわね。そのいきさつを、ぜひ取材させていただきたいのです」

「取材ですか。でも……」

「生徒の中から、何人か選んでインタビューしたいとおっしゃるんですよ」

と、校長が言った。「どうだろう。中本先生は陸上部のコーチですから、その部員から」

「全員のインタビューを使うとは限りませんが、五、六人の方にはお話を伺いたいです。それと、男女、どちらも」

と、〈チーフ・プロデューサー〉が言った。「むろん、校長先生にもお願いします」

「かしこまりました。明日ということで……」

「はい。体育の先生ということで、ぜひ体育の授業の風景もほしいんです。午前十時にはスタッフが来て準備を整えますので」

「あの――校長先生」

と、涼子は言った。「中本先生は、もう――」

「しばらく休まれるのは仕方ありませんが、お元気になり次第、むろん体育教師として戻っていただきます」

涼子は言葉もなかった。

「その手術を受けられた先生のお話を伺うのは無理ですかね」

「昨日手術を受けられたばかりですから」

「先生の奥さんは――」

「もちろん、そばについておられます」

「ぜひご紹介下さい。協力された方への感謝の気持を話していただきたいので」

「じゃあ……私からご連絡してみます」

「よろしく！」

――涼子は、夢でも見ているのかと思った。

あの中本への冷淡な仕打は何だったのだろう？

二人の客は、細々《こまごま》したことを打ち合せて帰って行った。

女性の〈コーディネーター〉は、涼子へ、

「今日中に、その中本先生の奥様とお話がしたいので。何時でも構いませんから、私のケータイへ電話を」

と、何度も念を押して行った。

廊下で見送って、涼子は校長の方を見た。

「この学校を宣伝する、またとない機会です」

と、校長は言った。「協力して下さい」

これで中本が教師に戻れるのなら。

「――はい」

と、涼子は言ったが……。

職員室へ戻ってから、猛烈に腹が立って来た。

電話が鳴って、出てみると、

「市橋先生ですね。さつきの祖父の倉沢です」

「あ、どうも……」

「白血病の先生の手術はうまく行ったようですな。良かった」

「ご心配いただいて」

「テレビ局はもうそちらへ行きましたか？」

「え？」

涼子は息をのんだ。「じゃ……倉沢さんが？」

「いや、あの番組のプロデューサーをよく知っていましてね。いつも話のネタを捜して苦労しているんです」

と、倉沢は言った。「たまたま、ホテルのバーで会いましてね。『何か心暖まるような話はないか』と言うものですから、フッとあなたのことを思い出して。ご迷惑かとは思いましたが」

「いえ、そんな……」

倉沢の言う通りなのかどうか。ともかくここは言われた通り信じるのが礼儀というものだろう。

涼子が校長室での様子を話すと、倉沢は穏やかに、

「腹が立つでしょうな」

と言った。

「ええ。——正直に言って、今の子たちの言い方だと『ムカつく』ってところです」

倉沢はちょっと笑って、

「分ります。しかし、今は現実的に考えることです。その中本先生が復職できて、マスコミ向けに学校のPRになるのなら、校長もそうひどいことはできないでしょう」

「分ります」

「校長に腹を立てるのは当然だが、エネルギーのむだというものです。しょせん、その程度の人間なのだと割り切った方がいい。もし、TVで言ったことを、また翻《ひるがえ》すようなら、そのときに辞《や》めればいいのですから」

淡々とした倉沢の口調が、涼子の中の怒りを少しずつ鎮《しず》めて行った。

「よく分りました。私はともかく、中本先生のためになるようにしたいと思います」

「そうそう。それがいい。生徒さんたちもよく分っている。いくら表面上支配しているようでも、尊敬されも愛されもしない教育者など、惨《みじ》めなものですよ」

「はい……」

「私も、これで少しはあの畑山君にけがをさせてしまったことへの罪滅ぼしができるようで嬉《うれ》しい。──何か、不都合があれば、いつでも私に言って下さい」

「ありがとうございます」

「さつきは……」

「今日から来ています。クラスの子たちも歓迎していますわ」

「それを聞いて安心しました。どうかあの子をよろしく」

「はい……」

涼子は受話器を置くと、目頭が熱くなって、少しの間、目を閉じていた。

「——あ、そうだわ」

中本の妻へ連絡しなくては！

忍がさぞびっくりするだろうと思いつつ、涼子はもう一度受話器を取り上げた。

24　顔

「あら」

さつきが畑山の病室へ入って行くと、少し年輩の看護婦さんが、さつきを見て、

「あなた……」

「え？」

どう見ても、初めて会う看護婦さんだった。

「——いえ、違うわ。あなたじゃない。でも、そんな制服を着てたような気がする」

わけが分らず、さつきはベッドの畑山の方を見た。

「——今来たのか」

倉沢がさつきの後から病室へ入って来た。

「おじいちゃん、来てたの？」

「ああ。実はな……」

倉沢は、ちょっと表情をくもらせて、「朝野峰子が死んだ」

「え……」

突然のことで、さつきは愕然《がくぜん》とするばかりだった。「死んだ？　どうしたの、一体？」

「それが妙なことに、この病院の階段を転《ころ》げ落ちて死んだらしい」

「階段を？」

さつきは、どこかでそんなことを聞いたような気がした。

「なかなか身許《みもと》が分らなかったんだ」

と、倉沢は言った。「持っていた財布の中のメモで、私の所へ連絡が来た」

「可哀《かわい》そう……。いい人だったわ」

「うん。——亭主は警察だしな。ちゃんと葬式を出してやろう」

と、倉沢は言って、「それで——この看護婦さんが、そのときに、若い女の子が階段を駆け下りて来て、走って行ってしまうのを見たというんだ」

「おじいちゃん。それって——」

「もちろん、峰子が階段を転がり落ちたことと関係あるかどうかは分らない。ただ、事故以外の可能性もあるというので、警察が調べている」

「こういうブレザーの制服だったと思いますよ。もちろん、同じだったかどうか、分りませんけどね」

と、看護婦が言った。

そのとき、院内の呼出しの放送があって、その看護婦は急いで行ってしまった。

「——畑山君」

と、さつきはベッドのそばへ行って、「この間、学校に取材に来たTVの放映、今日なんだよ」

「そうか。何時からだって？」

「午後三時からの番組だけど、学校のことをやる枠は、三時半過ぎだって」

「じゃ、まだ間に合うな」

「うん。つけてみる？」

「ああ。――だけど調子いいよな、校長も」

　と、畑山は少しベッドを起こして、さつきがリモコンでTVをつけるのを見て言った。

「でも、これで中本先生、学校に戻れるわ」

「うん、それは良かったと思うけど」

　畑山はさつきを見て、「さつきはインタビューされなかったのか？」

「私がどうして？　市橋先生が主役よ」

　と、少し頬を赤らめて、さつきは言った。

　三十五分くらいになると、〈スペシャル！　病いの教師を救った、同僚教師と生徒たちの熱い闘い！〉という大げさなタイトルが出た。

「――あ、学校だ」

　いつも、自分が身を置いている場所が、TVの画面に映ると、まるで違う場所に見える。

「ずいぶんきれいに映るもんだな」

と、畑山が言った。

さつきも同感だった。

体育の授業風景。――知っている子が、バレーボールをやっているのを見るのは、ふしぎな気分だった。

校長が画面に出て、中本が倒れた事情を語ったが、見るからに緊張して、声が上《うわ》ずっている。

「――あ、市橋先生!」

と、さつきは声を上げた。

涼子が、思い立って骨髄の提供者を求める運動を始めたことを、淡々と語った。

「――これが本当だ」

と、見ていた倉沢が言った。「本当に辛《つら》い思いに耐えて来た人間は、それを他人に向って宣伝したりしない」

そして、何人かの生徒へのインタビュー。

「――おかしいな」

と、さつきは首をかしげた。

「どうかしたのか?」

「永田さん、インタビューされてたんだよ。出てくると思ったんだけど」

画面には、中本の入院している病院が映った。

そして中本の奥さん。――笑顔がまぶしいほど明るい。

体育祭の日、学校へやって来た夫を連れ戻しに来たときとは別人のようだ。

校長が再び登場して、中本の復帰を待っていると話すと、画面が切り換った。

「あれ」

と、畑山が目をみはって、「ここ、うちの部室か？」

陸上部の部室である。

しかし――びっくりするくらい、きれいになっている。

「よほど必死で掃除したんだ」

と、畑山が笑いながら、「この取材のおかげで、少なくとも陸上部の部室はきれいになった」

「あ、永田さん」

永田由布《ゆう》が、インタビューに答えて、

「陸上部に欠かせない先生です」

とカメラに向って語っていた。

「──ラストにもって来たのね、永田さんを」

と、さつきは言った。「気持、分るわ」

由布は、TVの画面で見ると、ハッとするほどきれいだった。番組の制作者が、彼女のインタビューを締めくくりに持って来たのも当然かもしれない。

画面には、学校の昼休み、校庭で笑い合っている少女たちが映って、〈スペシャル〉枠は終った。

「──良かったね」

と、さつきはTVを消して、「でも、畑山君が元気なら、必ず出てたよ」

「どうでもいいさ」

畑山は首を振って、「ともかく、中本先生が早く良くなってくれりゃ……」

「うん」

さつきは肯《うなず》いて、「これ、中本先生も見てたかな」

「どうかな。そんな元気があればいいけど……」

さつきは、

「お茶、飲む？　いれてくるね」

と言った。

「うん。この間みたいな苦いのはごめんだぜ」

「うんと薄くいれてやる」

と、笑いながら病室のドアを開けると、

「あの――」

さっきの看護婦がやって来たところだった。

「ね、今ＴＶでやってたの、あなたの学校のことですって？」

「ええ、そうです」

「今、出てた子だわ」

と、看護婦が言った。

「――え？」

「あのとき、ここの階段を駆け下りて来たの、今、ＴＶに映ってた子よ」

さつきは、ベッドの畑山と、顔を見合せた。

「今の――どの子ですか？」

と、倉沢が訊《き》く。

「最後に出て来た、陸上部の女の子です」

畑山が唖然《あぜん》として、

「永田が？」

――突然、思い出した。

さつきは、あの日永田由布がお花を持って来たことを思い出したのである。そして、看護婦がナースステーションで、「階段から落ちた人」が助からなかった、と話していたこと……。

あれは、中本の手術の日だった。

「そんなの偶然だわ」

と、さつきは言った。「あの日、永田さんはお花を持って来て、私に渡すと、すぐ帰ったのよ」

「待ちなさい」

と、倉沢は言った。「お前の気持は分る。しかし、何もなかったのなら、それでもいい。今は、そのことを警察の人に話して、任せるべきだ」

「そんなこと……。永田さんが可哀そうだわ！」

と、さつきは言い返した。「永田さんに訊いてからでいいじゃないの。そうでなくちゃ……」

「さつき」

と、畑山が言った。「君が心配することないよ」

「でも……」

さつきは、ソファに崩れるように腰をおろした。

「後は私に任せなさい、いいね」

倉沢は、その看護婦と共に出て行った。

さつきは、しばらくじっと顔を伏せていたが、やがてパッと立ち上ると、

「帰る、私」

と言った。

「さつき――」

「また来るね」

さつきは、畑山の病室を足早に出ると、息が切れるほどの勢いで病院を出て行った。

そして――足を止める。

永田由布が、峰子を突き落としたのか？　でも、なぜ？

さつきも、その可能性を否定するつもりはなかった。

ただ、もしそうなら、なぜそんなことになったのか、それを知りたかった。

由布は、きっとまだ学校にいる。

さつきは学校へ戻ることにして、背筋を真直《まっす》ぐに伸すと、しっかりした足どりで歩き出した。

「気を緩《ゆる》めないで！　ペースが落ちてるわよ！」

永田由布の声がグラウンドに響く。

一年生とはいっても、記録的には女子のトップにいる由布には、二年生も文句が言えない。

もちろん、由布も練習を終えれば、ちゃんと先輩に対する礼儀は守っていた。

汗が由布の額に光る。

「――はい、今日はこれで」

と、由布が言った。

全員が集まって、

「お疲れさまでした」

と、一礼する。

「市橋先生だ」

由布は、市橋涼子が校舎を出てやってくるのを見て、足を止めた。

「さっき、ＴＶの放映があったわ」

と、涼子は言った。「みんな、ちゃんと映ってたわよ」

「私、留守録セットして来た」

「お母さんに頼んどいたんだけど、忘れてないかなあ」

と、女の子たちはガヤガヤ言い始めた。

「職員室のビデオで録《と》ってあるわ。見たかったら、着替えてからいらっしゃい」

「見よう！」

と、たちまち女の子たちがワーッと叫んで駆け出して行く。

「あの元気が残ってたら、もっと走れるのに」

と、由布が笑って、「先生、陸上部の部室、映ってましたか？」

「ええ、見違えるくらい、きれいになってね」

「良かった！　苦労して掃除したかいがあったわ」

「ご苦労様。――中本先生、経過は順調ですって」

と、涼子は言った。「また陸上部の顧問として戻って来られるといいわね」

「ええ、みんな待っています」

由布は肯いて、「じゃ、私も着替えて来ます」

と、一礼して小走りにロッカールームへ向う。

校舎に入ったところで、

「永田さん」

と、呼ぶ声に足を止めた。

「まだいたの？」

と、由布はさつきを見て言った。

「今、戻って来たの」

「どうして」

「あなたに訊きたいことがあって」

と、さつきは言った。「大事なことなの」

「――あら、どうしたの？」

涼子が入って来た。「さつきさん。もう帰ったかと思ったわ。ＴＶの放送、見た？」

「ええ」

「陸上部の子たち、練習で見てなかったんで、今から職員室で見るの。一緒にどう？」

由布が、

「じゃ、すぐ行きます」

と、足早に去る。

さつきは、少しためらったが、涼子と一緒に職員室へ向った。

「——中本先生、ずいぶんいいみたいよ」

と、歩きながら、涼子は言った。「TVも見てたって、忍さんから、終ってすぐ電話があった」

「そうですか。良かった」

「おかしいのは校長先生よ」

と、涼子が含み笑いをして、「今日は親戚《しんせき》一同集めて、ご自宅で鑑賞会ですって。今日のために、わざわざ五十インチのTVに買い替えたっていうから」

「へえ」

「TV局からテープをもらって、うちの学校のPR用に使いたいって。カメラにとられるのがよっぽど心地良かったみたい」

職員室に入ると、他の先生たちが、ビデオを巻き戻して見ている。

「今、陸上部の子たちが来ます。初めからかけて下さい」

と、涼子が言った。

　さつきは、早々と着替えて来た子たちと入れ違いに、一旦《いったん》廊下へ出た。

　少し待っていると、陸上部の子たちが連れ立ってやって来て、少し遅れて由布が小走りに来るのが見えた。

「——永田さん」

「何の用？」

　と、足を止めて、「みんなを待たせちゃ悪いわ」

「教えて。あの、お花を持って来てくれた日、何があったの？」

「何って？」

「朝野峰子さんのことよ」

　由布が、無表情にさつきを見つめた。

「看護婦さんが、あなたを見て憶《おぼ》えてたのよ」

　と、さつきは続けた。

「——TVを見るわ」

　由布は職員室へ入って行った。「遅くなりました」

「さあ、座って」

　ビデオが再生される。——CMの途中から始まって、この学校が画面に出ると、

「ワーイ」

と、女の子たちが声を上げた。

さつきは、少し離れてその様子を見ていた。

由布はみんなと一緒に笑っている。

その笑顔は、ただTVを見て面白がっているのとは、どこか違っていた。

それでも、一つ一つのカットに、

「あ、先生だ！」

「私、映ってる！」

と、みんなが声を上げる度、由布も段々表情がほぐれて、明るく笑うようになった。

「——部室だ！」

「ウソ！　こんなにきれいじゃないよね」

「掃除したかいがあった！」

一緒になって拍手している由布を見ていると、さつきは初めて十六歳らしい由布を見た、と感じた。

電話が鳴って、近くの男の先生が出ると、

「——はあ、そうです。——ええ、おります。お待ち下さい」

と、受話器を置いて、「市橋先生、お電話ですよ」

「はい」

涼子が立って行く。

「何だか――警察の人です」

と、小声で言うのが耳に入り、さつきはハッとして由布を見た。

由布はじっとＴＶに見入っていたが、聞こえていたのだろう、顔から笑みが消えている。

「――お待たせしました。――はい、私です。――はい、おりますが」

さつきはそっと涼子の方を見ていた。涼子の目がチラッと由布へ向く。

やっぱりそうか。

「あ、永田さんだ」

番組は終りに近付いて、由布が画面に出た。

病院の小さなＴＶで見たときより、画面が大きいだけ由布の美しさが際立《きわだ》つ。

「わあ、美人に撮れてる！」

「本当！　ずるい！」

と、陸上部の子たちが声を上げる。

由布は黙って微笑《ほほえ》んでいた。

涼子は電話を切ると、ちょうどビデオが止ったところで戻って来た。

「面白かった！」

「私、変な顔で映ってる！」

「誰も気にしないって」

みんなが笑った。

「お疲れさま！」

「お先に」

陸上部の子たちがゾロゾロと出て行く。

「――永田さん」

と、涼子が呼び止めた。

「何ですか」

「ちょっと残っててくれる？　お話があるの」

由布は少し間を置いて、

「――じゃ、ちょっとロッカーの物を取って来ます」

「ええ、それじゃ、ここへ戻って来て」

「はい」

由布が職員室を出て行く。

他の教師たちが、めいめい帰り仕度を始めるのを見ながら、さつきは、

「先生、今の電話……」

と、涼子のそばへ行って、小声で言った。

「よく分らないの」

涼子が首を振って、「警察の人が、何か永田さんに訊《き》きたいことがあるって」

さつきが黙っていると、涼子は、

「何か知ってるの？」

と、覗《のぞ》き込むようにして言った。

「先生、実は……」

さつきはためらいながら、口を開いた。

25　空虚な窓

「永田さんが……」

話を聞いて、涼子は力なく椅子《いす》にかけた。

職員室は、もう他に誰も残っていない。

「でも、先生、永田さんがやったとは限らないんです」

と、さつきは念を押した。「決めつけないで下さい」

「分ってるわ」

涼子はさつきの手を握って、「私は永田さんの話を、きちんと聞いてあげる。警察の人にも、そうしてもらうようにするわ」

さつきは首を振って、

「何があったのか……。あの峰子さんは、とてもいい人だったんです。永田さんが峰子さんを突き落とすなんて、考えられない」

「きっと、事故だったのよ。そうとしか思えない」

職員室へ、陸上部の子が一人入って来た。

「髪とめてたゴム、失《な》くしちゃって」

と、さっきビデオを見ていた椅子の所まで行くと、「あった！　やっぱり落としてた」

「ね、永田さんは？」

「え？　――永田さんなら、もう帰りましたけど」

さつきと涼子は一瞬顔を見合せ、そして急いで廊下へと飛び出した。

良心なんかじゃない。

そう。――だって、私は何も悪いことなんかしてないのに、どうして良心に咎《とが》めることなんかあるの？

永田由布はバスに乗っていた。

いつもなら乗らないバスである。一緒に校門を出た子が、

「どこに行くの？」

と、ふしぎがったが、

「用があるの」

とだけ言って、別れた。

気が付いてみると、このバスは遠回りではあるが、畑山の入院している病院の近くを通っている。

そこは、由布があの婦人を突き落とした病院でもある。

「違う！」

思わず口に出していた。

隣のおばさんがびっくりして由布を見た。

違う。――あの人は勝手に落ちただけだ。私が突き落としたんじゃない。

バスの窓から、少し暮れかけて明るさを失くした青空が見える。明るさを失くした……。

私も？　私の人生も、もう明るさを失くしてしまったのだろうか。

十六歳くらいで、そんなことを言えば、笑われるか。でも、八十年生きても、「何もしなかった」人もいる。

私は畑山に恋し、失い、そして人を死なせた。

良心か。

いいえ、良心なんかじゃない。そうじゃない。

バスの中を見回せばいい。――どうだろう。みんな、疲れ、何も考えず、何も望まず、何も目指さない人間ばかりだ。

私はあんな連中とは違う。あんな風になりたくない！

でも、一方で、間違いなく人を死なせた。私のせいじゃなくても、人はそう思わないだろう。

警察へ連れて行かれ、取り調べを受ける。

そんなこと、いやだ！

このバスに乗っている、何の価値もない人間たちが、私のことを、

「人殺しよ」

と指さして噂《うわさ》するのだ。

「可哀《かわい》そうな女性を、階段から突き落としたのよ」

「何てひどい子……」

「刑務所へ入れなきゃ！」

「そうよ、当然だわ」

――あんな連中に馬鹿《ばか》にされ、軽蔑《けいべつ》される？　いやだ！　とんでもない！

そんな思いをするくらいなら、いっそ——いっそ——。

目の前が暗くなった。ふと気付くと、座っている由布の前に、おばあさんが立っている。

何よ？　私の前に立つことないじゃないの。邪魔だわ。

バスはそう混んでいるわけではなかった。しかし、空席はなく、七、八人の乗客が立っている。

そのおばあさんは、どう見てもあえて由布の前に立ったのだった。高校生なら、席を譲ってくれると思ったのだろう。

由布が目を上げると、そのおばあさんと目が合った。

その目は明らかに言っていた。

早く立って私を座らせなさいよ、図々《ずうずう》しい子ね。

由布はいつもなら反射的に立って席を譲っただろう。しかし、その視線を感じたとき、由布には立つ気が失せた。

「すみません」

と、由布は座ったまま言った。「ちょっとどいてもらえます？　邪魔なんですけど」

おばあさんの顔が真赤になった。

ちょうど次の停留所が近付いて、少し離れた席の人が立った。

おばあさんは、他の立っている客のことなど見向きもせずに、空いた席へと真直《まっす》ぐに急いで腰をおろした。そして、由布の方を怖い目でにらんだ。

由布は平気な顔でニッコリと笑って見せた。

おばあさんは呆《あき》れ顔で何やらブツブツ呟《つぶや》いている。きっと、「今の子は、年寄を大切にするってことを知らないんだから……」とでも言ってるんだろう。

でもね、おばあさん、若い子だって疲れてることがあるんだよ。生きることに、大人の顔色をうかがうことに。

疲れ切って、席を立つ気になれないこともあるの……。

由布は窓の外に見える遠い風景に、目をやっていた。

さつきが病室へ入って行くと、畑山は眠っていた。

もう夜になっている。

学校の周りを捜し、結局、他の陸上部の子のケータイへ電話して、由布がバスに乗って行ったらしいと分ったのだ。

警察の人と市橋涼子がしゃべっている間に、さつきは学校を出た。そして、この病院へ再びやって来たのである。

あのバスは、この病院の近くを通っている。

由布はきっとここへ来た。——畑山に会いに来たに違いない。

そして——。そして？

由布はどうするつもりだろう？

さつきは、ベッドのそばの椅子にそっとかけた。

椅子がギッと音を立て、畑山を浅い眠りから覚ました。

「——さつき、また来たのか？　あれ？　今日来なかったっけ？」

と、トロンとした目でさつきを見る。

「来たわよ。いやだ、少しぼけて来た？」

わざと軽い口調でからかう。

「入院してると、分んなくなるんだ。今日のことか、昨日のことか。——毎日同じだもんな」

畑山は欠伸《あくび》をして、「何かあったのか？」

「永田さんのこと」

さつきが事情を話すと、畑山はじっと考え込んでいたが、

「──永田がここへ？」

「うん。たぶん、ずっと前に着いてると思うんだけど」

「気が付かなかったな。この二、三時間、ウトウトしてたから、眠ってる間のことかもしれない」

「何でもなけりゃいいんだけど……」

と、さつきは言った。

「本当に永田がやったのか」

「分らないけど……。どんな様子だったのか……」

さつきは、鞄《かばん》を置いて、「ちょっと、この辺見てくる。気になるの」

「うん。気を付けろよ」

と、畑山は言った。

さつきは病室を出て、ナースステーションへ行ってみた。

顔なじみの看護婦さんが、さつきを見てニッコリ笑った。

「ご苦労様」

「今晩は。あの──この制服の他の子が来ませんでしたか」

「え？」

「同じ学校の女の子で……」

「待って。——ね、安西さん、さっきあなた何か言ってたわね」

「うん。今日二度目ね、って。——三十分くらい前かな」

「それ、私じゃありません。私、今着いたところで」

「あら、そう。後ろ姿だったからね。でもてっきりあなただと思い込んでた」

「そうですか。——病室に入ってくところでしたか？」

「出て来たの。で、向うの方へ歩いてったから、お手洗かと思った」

向うへ……。

「すみません、どうも」

さつきは礼を言って、廊下を急いだ。

やはり、由布はやって来ていたのだ。

給湯室やトイレを覗《のぞ》いたが、誰もいない。

もう帰ったのだろうか？

さつきは病室へ戻りかけたが、他の病室の患者の奥さんが、タオルを抱えてやってくるのを目にして、ふと足を止めた。

「すみません」

と、声をかけて、「今、屋上から？」

「ええ、取り込むのが遅くなって、すっかり冷えちゃったわ」

と笑う。

屋上には洗濯物などを干すようになっているのだ。

「あの、屋上に誰かいませんでしたか？」

「ええ、あなたと同じような制服の子が。お友だち？」

「そうなんです。ありがとう」

屋上に——。もう夜になっているというのに。

さつきは階段を駆け上った。

まさか……。そんなことが……。

息を切らしつつ、さつきは屋上へ出るドアを開けた。

冷たい風が吹きつけてくる。

屋上には、まだ取り込んでいないシーツやパジャマなどが風にはためき、揺れていた。

「——永田さん！」

と、さつきは呼んだ。

声が風で散ってしまう。
さつきは、薄暗い屋上を、由布の姿を捜して歩き出した。
「永田さん！」
返事はなかった。――でも、どこかにいる。
きっといる。
さつきは直感的にそう信じていた。
さつきは屋上を歩いて行った。
風が冷たい。――バタバタとシーツのはためく音がした。
永田由布は、きっとこの屋上のどこかにいる。
「永田さん！」
と、呼んでみる。「いるんでしょ？　返事して！」
そう広いわけではない。いれば見えないはずはないが……。
さつきは周囲をグルッと見回して――まさか。まさか柵《さく》を乗り越えて……。
でも、さつきは確かに今、由布の存在を感じていた。
ふと、足が止る。――何かおかしい。
振り返って、風に揺れるシーツやパジャマを見ていたが――。

シーツが一枚だけ、はためいていない。向うに誰かが立っているのだ。

「――永田さん。そこにいるのね」

と、さつきは少し近くへ行った。「下へ行きましょう。寒いわ」

「近寄らないで！」

と、由布が言った。「顔も見たくない！　向うへ行ってよ！」

「永田さん……。顔見たくないのなら、そのままで話せばいいでしょ」

「話すことなんかないわ」

「何も言わないわ。あなたが一緒に下へ下りてくれたら」

「下へ？」

由布はちょっと笑って、「一緒に付合う？　私、構わないわよ」

「永田さん……」

「下まで直行よ。その代り、エレベーターより、ずっと早いわ」

さつきは、洗濯物を干す紐《ひも》を張ったステンレスのポールに手をかけた。金属の冷たさがてのひらに伝わってくる。

長い沈黙があった。――風の唸《うな》りだけが屋上を駆け回っている。

「――何してるのよ」

と、由布が言った。

「話すことなんかないって、永田さんが言ったから……」

「じゃ、消えてよ。目ざわりだわ」

「見えてないでしょ。──私なんか、あなたに比べたら、ただの石ころみたいなものだわ」

と、さつきは言った。「あのTVの番組見たでしょ。永田さん、本当にきれいだった」

「やめてよ」

「本当よ。だって──みんなそう思ったでしょ。あの番組の終りに永田さんを持って来た、TV局の人の気持、分るもの。ね、永田さん。あなたは私のこと、怒ってるけど、私が何を持ってる？　あなたは一年生なのに、二、三年生より速い足を持ってるし、勉強だってできるし、美人だし……。私なんか、何も持ってないわ。ただ──畑山君だけ」

白いシーツが、由布が握りしめたのだろう、キュッと引きつれた。さつきは続けた。

「私と畑山君だって、そりゃあ、私、彼のこと好きだけど、私たちまだ十六じゃない。──大人でさえないわ。今、私は畑山君に頼っていて、畑山君は私を守ってやらなきゃと思ってくれてる。きっと——十八、十九になったら、もう今のことは懐《なつか》しい思い出だわ」

さつきは、一歩、由布を隠している白いシーツへと近寄った。

「絶望なんてしないで。私は、目の前で学校の先生に友だちを殺された。その後、お母さんまで失った。——あなたはしっかりし過ぎていて、逃げようとしないから、却《かえ》って辛《つら》いのかもしれないわね。私は逃げたわ。暗闇《くらやみ》の中に閉じこもった……」

さつきは、由布が聞いていてくれると感じていた。「そこから私を引張り出してくれたのが、畑山君だった。明るい日射《ひざ》しの下に。でもあなたは、いつも日向《ひなた》にいるじゃないの。どうして絶望なんかする必要がある？」

さつきはじっとそのシーツの布を透《とお》して、由布を見つめていた。

「自分の持ってないもののことじゃなく、今自分の持っているもののことを考えて。どんなに沢山のものを持っているかを。友人や、クラブ活動や、陸上大会や、それに——命や未来や……。そんなに一杯持っていて、死ぬことなんか考えちゃいけないわ」

さつきは、それきり黙った。もう、自分の中に言うことは残っていなかった。

由布が何か言ってくれるか、それともシーツの向うから出て来てくれるか。

さつきは待った……。

風が一段と強く吹きつけて、さつきはちょっと目をつぶった。そして——目を開けると、由布を隠していたシーツが大きく風にはためいている。

「——永田さん。——永田さん！」

さつきは駆け出した。そしてシーツを突き破るような勢いで——。

病室のドアが開いた。

「先生」

と、畑山が頭を少し上げた。

「寝てた？」

と、市橋涼子がドアを閉めると、「さつきさん、ここへ来た？」

「ええ、少し前に」

「永田さんを捜してるの」

「聞きました。捜してくると言って、出て行ったんですけど」

「どこへ行ったのかしら？　もっと早く気が付けば良かったわ」

涼子は息をついて、「走って来たの。——永田さんも、早まったことしないでいてくれるといいんだけど」

「さつきがもし見付けてれば、きっと大丈夫ですよ」

「ええ……。看護婦さんが何か知ってるかしら。ちょっと訊《き》いてくるわ」

バッグをソファの上に置いて、涼子は病室を出ようとドアを開けた。

危うくぶつかるところだった。

「さつきさん！　永田さんも――どうしたっていうの？」

さつきと永田由布が、互いに支え合うようにして、病室へよろけながら入って来た。

「どうしたんだ！」

と、畑山が起き上って、あわててナースコールのボタンを押した。

さつきも由布も、顔と手が血だらけだった。ブラウスにも血が飛んでいる。

「呼んでくるわ！」

涼子は病室から飛び出すと、「――誰か！　お願いします！　生徒が大けがして血だらけで」

と叫びながら、ナースステーションへと駆けて行った。

居合せた看護婦が、あわてて内線電話へ手を伸す。

「応急処置を！」

と、ベテランの看護婦が小走りに畑山の病室へと急いだ……。

「――鼻血だって言えば良かったのよ」

と、由布が言った。

「だって……血が口の中に入って、気持悪くて口なんかきけなかった」

と、さつきが言い返す。「永田さん、言えば良かったじゃない」

「だって、痛くってそれどころじゃなかったわ」

二人のやりとりは、傍《はた》で聞いていると何とも妙だった。――二人とも鼻の穴に一杯脱脂綿《だっしめん》を詰め込まれているので、変な声になっていたのである。

「一体、どうしたっていうの？」

と、涼子が言った。「鼻血で良かったけど……」

「この子が突然、後ろから襲いかかって来たんです」

と、由布がさつきを指さす。

「襲いかかってなんかいないわ」

「だって、いきなりぶつかって来たじゃないよ」

「それは永田さんが……」

と、さつきは言いかけて、「——どうでもいいけど、私、悪気があってぶつかったんじゃないわ」

「ともかく、それで折り重なって倒れたのね?」

と、涼子が呆《あき》れ顔で、「でも、さつきさんが当然上になったでしょ? どうして膝《ひざ》までけがしてるの?」

さつきは両方の膝を、みごとに包帯で巻かれていた。

「この子、鈍いんです」

と、由布が言った。「私、とっさに顔をかばって、同時に体を少しねじったんで」

「私の方が、コンクリートにもろ、鼻をぶつけて。それと膝も」

「信じられない! 手ぐらいつくわよ、普通」

「私は反射神経が鈍いの」

「そのようね」

涼子は苦笑して、

「ともかく良かったわ。看護婦さんには叱《しか》られたけど」

と言った。

由布がさつきを見て、

「あんたのせいよ」

「永田さんだって——」

二人は一瞬、にらみ合ったが——由布の方が笑い出してしまった。

「その鼻に詰めた綿、よく似合うわ」

「あなただって……。美人台なしよ」

と言って、さつきも笑ってしまった。

そして二人の視線は穏やかなものになっていた。

「——永田さん」

と、涼子が声をかけると、

「先生。明日、親と一緒に警察へ行きます」

と、由布が言った。「隠すつもりはありません。弾みだったんです。でも、私が押したせいで、あの人……」

「素直に話してくれてありがとう」

涼子は由布の肩にそっと手をかけると、「ちゃんと話をすれば分ってもらえるわよ」

「はい。でも……」

由布はしっかりと顔を上げると、「人一人の命が、失われたことは忘れません。その責任からは逃げません。――あなたの目の前で友だちを死なせた先生のような、卑《ひ》怯《きょう》な真似《まね》はしない」

さつきは思わず由布の手を握りしめた。

由布は少し照れたように微笑《ほほえ》んで、

「手を握っても、鼻血は止らないわよ」

と言った。

26　校　庭

「用意！」

という声に、一瞬の間。

バンとピストルが鳴った。

一斉にスタート。

「だめ！　そんなんじゃ、スタートで二、三メートルは離されちゃうわよ」

と、由布が怒鳴った。「もっと集中して！　神経をピンと張りつめて、ピストルの音を聞くの」

それから、由布の目はピストルを撃つ係の二年生にも向いて、

「少しタイミングが悪いです。ＴＶの陸上中継を録画しといて、『用意』から引金を引くまでのタイミングをつかんでおいて下さい」

二年生でも、由布にこうもピシャリと言われると何とも言い返せない。黙って肯《うなず》くばかりだった。

「じゃ、スタートダッシュの練習はこれで。ちょっと休んで――」

と言いかけて、由布は言葉を切った。

部員たちは、みんな由布の視線の先へと目をやった。

「――畑山君だ！」

「本当だ！　畑山君！」

畑山が松葉杖《まつばづえ》を突いて、校庭をやってくるところだった。

部員たちが、畑山へ駆け寄る。由布は動かなかった。

「――どう？」

「また走れるんでしょ？」

と、みんなが口々に訊き、

「もちろん走るさ。来年がある。――完全に治る前に無理すると、取り返しのつかないことになるからね」

と、畑山は言った。

そして、畑山は由布の方へやってくると、

「よく聞こえるぞ、遠くまで」

と、冷やかした。

「もうずいぶん楽？」

「うん。――でも今年は辞退して却《かえ》って良かったかな。みんなも落ちつくだろうし」

と、畑山は言った。

「私は何も言えないけど……」

と、由布は言った。「でも――こうして走っていられるのが嬉《うれ》しい」

由布は少し目を細くして、まぶしげに校庭の四百メートルトラックを見渡した。

畑山が足をけがして出られず、由布は警察で事情を話した後、逮捕されはしなかったが、やはり状況を考えて高校対抗陸上への参加を辞退した。

その二人が出られないのでは意味がないという校長の判断で、陸上部が自主的に出場を辞退することになったのである。

「来年まで、時間はあるよ」

と、畑山が言った。

「さつきさんは？」

「中本先生の見舞に行ってるよ、市橋先生と。もう戻るだろ」

「そう。——来年は中本先生も戻ってるといいわね」

「そううまくいくかな」

と、畑山は笑った。

「あ、噂《うわさ》をすれば」

校舎を出て、市橋涼子とさつきが校庭をやってくる。

「転ばないでよ」

と、さつきは松葉杖の畑山に言った。

自然、部員たちが涼子の周りに集まってくる。

「——先生、中本先生の具合、どう？」

「今のところ、順調のようよ。体力も少しずつついて来てるし」

「良かった！」

と、ごく当然のように拍手が起る。

「もちろん、まだ油断はできないけど、きっと回復すると思うわ」

と、涼子は微笑《ほほえ》んで、「中本先生も、みんなにまた会える日を楽しみにしてるって。そうおっしゃってたわ」

由布がポンと手を打って、

「じゃ、しっかり練習しましょ。——グラウンド三周」

「ええ?」

「やだな」

ブツブツ言うのは、条件反射みたいなもので、みんなめいめい自分のペースで走り出した。

「——さつき、帰るか?」

と、畑山が言った。

「ええ。でも、ちょっと寄る所があるの。畑山君、もう少し見ててあげなさいよ」

「分った。——さつきも、一人で帰れるようになったものな」

さつきはただ笑って見せただけで、そのまま小走りに校舎の方へ戻って行った。

「ずいぶん日がたったような気がするわ、あの子がこの学校へ来てから」

と、涼子は言った。「ずいぶん色んなことがあったしね」

「でも、たった三年間なんですよね、僕らがここで過すのって」

と、畑山が言った。

「そうよ。あなたもさつきさんも永田さんも、ここを通過して行く。卒業して半年もしたら、私のことも忘れてるかもね」

「そんなこと……」

「それが当り前なのよ。若い人たちは、次々に新しい出会いがある。占い出会いはどんどん奥へと押しやられていくのよ」

「でも――」

「ずっと後になって、ここでのことを思い出すわ、きっと。私のことだけじゃなくて、中本先生のこと、あの校長先生のこと、そして校舎やグラウンドや靴箱や、そういう何もかもを一緒にして、思い出すのよ」

涼子は風に吹かれる髪を直しながら、「そのころ私はまた別の子たちと、この校庭を眺めてる。そしてその子たちもまたここを通過して去って行く……」

涼子は深く息を吸って、

「――ここで起ったことは、ここで結末が来るのね。学校っていう世界……。人生の中の、特別な時間。でも、この時間が特別だってことが分るのは、後になって、取り戻せないと気付いたときなんだわ」

涼子はちょっと笑って、

「大人の嘆きを聞かせちゃったわね」

と言った。

「――市橋先生」

と、駆けて来たのは、事務室の女性だった。

「どうしたの？」

「今、高校対抗陸上の理事からお電話が」

「え？　だって、うちは出ないのよ」

「出場してくれないかってことです。K学院が急に出場を取り止《や》めたそうで」

「K学院？」

畑山が振り向いた。――あの西島のいる学校だ。

「何があったの？」

「詳しいことはよく分らないんですけど、陸上部員の一年生を顧問の西島という先生が殴ったとかで」

「殴った……」

「その子が帰宅してから具合悪くなって、救急車で運ばれたんですけど、亡《な》くなってしまったそうで」

畑山は青ざめていた。

「――その事件が夕刊に載るらしいんです。それで出場辞退を……」

そんなことで、死んだ子は帰らないのだ。

出場を取り止めれば、生徒たちへの同情が集まる。それは本当の反省でも何でもない。

「校長先生は？」

「今、お留守なんです」

「そう。――分ったわ。私から連絡しておく」

「はい」

と、事務室の女性はホッとした様子で戻って行く。

畑山はグラウンドを駆けて行く部員たちを見た。

「――同じことをくり返すのね」

と、涼子はため息をついた。

「くり返しちゃいけないんです」

と、畑山が言った。

「畑山君――」

「くり返しちゃいけないんですよ！」

畑山は、笑顔で駆けて行く由布の紅潮した顔をじっと目で追いながら、強い口調で言った。

さつきはバスを降りると、校門へ向って歩き始めた。

車にはねられ、けがをしてから、ここへ来たことはなかった。

あの鉄の扉――恵美を挟んで殺した、あの扉。

それは結局、さつきの母までをも殺したのだ。

止っちゃいけない。――足を止めちゃいけない。

さつきは挑むように胸を張って、校門へと向った。

忘れるのではない。乗り越えるのだ。

そうしなければ、先へ進むことができない。

一人で。――たった一人で。

心臓が鼓動を速めた。しかし、さつきは止らなかった。

もうすぐだ。もう少しで、あの正門が見えてくる。

風が足下の埃《ほこり》を巻き上げて、さつきは目をつぶった。――それでも足は止めなかった。

どうして、こんなに砂埃が？

さつきは目をこすった。

そこからは、あの正門が目に入るはずだった。

さつきは足を止めた。

怖かったのではない。――目の前の光景が、信じられなかったのだ。

音をたてて回っているのは、コンクリートミキサーだった。埃は、そこに飛び散ったセメントや砂のせいだった。

あの鉄の扉――親友を殺し、母を死へと追いやった扉は、失《な》くなっていた。

コンクリートの柱は、ほとんど壊されて土台しか残っていない。

さつきは、ゆっくりとその場所へ近付いた。

「すみません」

と、ヘルメットをかぶった男に声をかける。「何の工事ですか？」

「え？　ああ、校門をね、作り直すっていうんでね」

「作り直す……。じゃ、新しく作るんですね」

「うん、前のは横へこう——レールをガラガラって滑らせるやつだったけど、今度は普通の、もっと背の高い門になる」

「そうですか」

「ここの生徒さん？」

「——以前は」

「そうだね。ここは中学だからな」

「ここにあった——鉄の扉はどうしたんでしょう？」

「前のやつ？　重いしね、処分してくれってことだったんで、廃品業者に渡したよ」

「——そうですか」

さつきは、今、門を失った学校の入口に立って中を眺めた。

それは広々として明るく、まるで別の場所のように見える。——門が失くなっただけで、そこは心まで解放される空間のように見えたのだ。

新しい門ができたら、またそれは生徒たちを拒み、しめ出すために閉じられるのだろうか。

学校には門などいらない。

さつきはそう思った。学校は人を受け容《い》れる場所ではないか。門を閉じ、遅れた子を拒否する。そんなものが学校か。

クラブが終ったのか、数人の女生徒たちが校舎を出てくる。にぎやかに笑い、おしゃべりしながら、その女の子たちは、扉のあった場所を何も気付かずに通り過ぎた。

そこで、かつて死んだ、同じ年代の子がいたことなど、少女たちは知らないだろう。

でも、扉が消えても、さつきの記憶の中から、あの「死」が消えることはない。

「恵美……」

私が忘れない限り、あなたもここで血を流し続ける。

そう。——それが私の役目なんだ。

私はもう逃げない。

いつか——ずっと先になっても、いつかここへ戻って来て、門を叩《たた》き壊そう。

学校が母親のように両手を広げ、子供たちを待っている——そんな場所になる日が、きっといつか……。

さつきは、コンクリートのかけらを踏みながら、学校を後にした。

そして、もう振り返らなかった。

後では、門柱の土台のコンクリートに、ドリルが大きな音をたてて突き刺さろうとしていた。

「学校」という時間

藤本由香里

学校というのは不思議な時間だと思う。

もう卒業して十数年も過ぎてしまえば、「ああ、そういう時代もあったねえ」というくらい、長い人生の中では、特殊な一時期に過ぎないのだが、その中にいる当事者は、それがすべてだと思っている。

だって、物心ついてから、最初に放りこまれるのが（人によるが）保育園か幼稚園。それはまだ「お母さん」の時代と地続きなのに、一年生になって「学校」に入ったとたん、そこには何か「違うことが始まったぞ」という感じがひしひしと漂っている。まず、時間がきちんと決まっているし、いつもみんなが、みんなと同じことを同じようにやる。これはそれまでなかったことだ。

おまけに「勉強」ってやつが始まる。

「先生」が学科を教えて、「試験」っていうやつがある。その試験の「成績」っていうのがどうもとても大事らしい。実は一生のうちで受ける試験の九〇パーセント（いや、ことによると九五パーセント？）は学校に集中していて、これはとても特殊な環境なのだが、やっている方は、物心ついてからずっと、そういう世界に放り込まれて生きてきているので、それがない世界のことなんか、ほとんど考えられない。

卒業してからはむしろ、本人がどういう問いを立てたか、どの課題を選んだか、でほとんど勝負が決まってしまうことが多いのだが、学生時代だけは横並びに、他人が立てた問いにいかにうまく答えるかを、みんなして競っている。まるで本当に、世界がそれによって左右されるみたいに。

それだけ考えても、「学校」というのは特別な時間だ。

現実の社会とはかなり違うのに、みんなそれを通して「社会」を見ている。また、そういうシステムしか知らない学生たちにとって、「学校」というのはまさに、自分が生きる「社会」そのものだ。

この物語はそういう、「学校という時間」が主人公なのだと思う。

ヒロインのさつきは、中学時代に遭遇したある「事件」がもとで記憶を失《な》くしている。

それだけではない。

さつきはそれ以来、学校での出来事が覚えていられないのだ。

まず、その設定が面白い。家での出来事やその他のことは覚えていられるのに、学校に関連したことが覚えられない……。

さつきが無意識に「学校」を否定したがっている証拠だろう。

しかも、家にいる両親もなんだか他人のような気がする、というのもあるのだが、ひとまずこれはおく。

そんなさつきにも学校で友人ができる。

勉強も運動もあまり得意ではないが、なぜかどんな人とでも気軽に打ち解けることができるという特技を持つ弥生《やよい》。そして足の速い、陸上部のホープ、畑山君。

畑山君も中学の時の出来事がもとで、学校に対しある傷を負っているのだが、ここで彼が「足が速い」というのがミソである。

学校で、一番プリミティブにカッコイイのは「足が速い」ということだったように思う。クラス対抗リレーなんかで何人もごぼう抜きにしていく子は、文句なしにクラスの熱狂を呼び、ヒーローになれた。私の同級生にも抜群に足の速い女の子が一人いたが、いつも、声をからして彼女の応援をしていた時の胸の高鳴りと興奮を、昨日のことのように思い出す。リレーの時など、私はだいたい第二走者か第三走者だったので、ときにはアンカーの彼女にバトンを渡す時があった。

バトンを受け取り、力いっぱい裸足《はだし》でかけていく時の運動場の地面の感覚、バトンをアンカーに渡した時の安堵《あんど》感。この小説を読むまで何十年も忘れていた感覚である。

一方、さつきは記憶を失くしているだけでなく、「それ」以来、走ることができなくなっている。体育の授業でもみんなが走っている中を一人で歩くしかないさつき。

そんなさつきが、どうしても走らざるを得なくなって、顔を青ざめさせながらも走ることを自分で選び、走れない自分と闘いながら、それでも走る場面は、この小説の一つのクライマックスである。

そして、「もう学校や先生が信じられるものでなくなってしまった」経験をしたために走ることができなくなっていたさつきが再び走ったのは、まさに一人の先生のため、だった。

その先生が特別に素晴らしい先生だったとか、その先生をさつきが特に好きだったからとか、そういう理由ではない。その先生もまた、学校というシステムに潰《つぶ》されようとしていたからである。

たしかにその先生は不倫をしていた。だが、犯罪というわけでもないその事実をたてに、「同僚の命を救いたい」という人間としては当然の彼女の願いを、校長先生も他の先生も冷たく鼻であしらった。そして病気退職した当の中本先生は、「もう退職なさったから」という理由で「学校」とは関係ない者とされ、「救いたい」という呼びかけをした彼女は、校長の顔色をうかがう他の教師たちによって孤立させられた。〈そんな先生を、どうやって「尊敬しろ」と言うのだろう〉――生徒たちは思う。〈「大人には大人の事情がある」それも確かだろう。でも、「大人には大人の責任もある」のではないのか〉

一方、「学校」側の冷たい対応とは対照的に、担任教師である涼子の、学校側には断られた呼びかけに、素直に応えようとする生徒たちの反応は、胸を熱くさせるものである。

「学校」に対して、そこで浮かび上がってくる疑問はこういう言葉であらわすことができるだろう。

「命」よりもルールが大事なのだろうか？

そしてこの疑問こそが、さつきが中学時代、目の前で起こった親友の死によって、直面させられた問いだった。

「命」よりもルールが大事なのだろうか？——それが、教育なのだろうか。

何よりも秩序を乱すことを怖れ、権力関係に敏感で、自分が、そして自分が属する学校が、全体のヒエラルキーの中のどこに位置づけられるかに汲々《きゅうきゅう》とする教師たち、そしてそれに先導された親たち。さつきが遭遇した「事件」によく似た、実際に起こった事件もまた、新設校である学校のランクを少しでも上げるために、厳しく生徒を取り締まろうとしたことの結果だった。

それが、さつきの親友に死をもたらし、そればかりでなく、逆に被害者を責める刃《やいば》となり、さつきの母親をも追い詰めた。作中で、その事情を知る主婦はいう。

「——どうしてあんなことまでしたのか、って、実際それに加わった母親が後で私に言ったことがあるわ。熱心にやらないと、子供が受験で不利になるって言われて、母親同士、競って、さつきちゃんとお母さんを攻撃しつづけた……」

なにも「学校」だけがすべてではないのに、そのときはそれがすべてに思えたのだ。そういう時、人は、ほんとうに大切なことを忘れて、小さなことで人を攻撃し、その行為はしだいにエスカレートしていく。

だが、「学校」だって変えられないわけじゃないし、「社会」だって変えられないわけじゃない。

常に上のものが下のものを支配できるわけじゃない。

たとえ「学校」を通して見る「社会」がどうしようもないものに思えたとしても、本来、「学校」とは、「社会」に直接毒されずに、そういう「社会」を変える力を培《つちか》うために存在するはずのものなのだ。だからこそそれは「特別な時間」なのである。

さつきの担任教師の涼子は言う。

「――ここで起ったことは、ここで結末が来るのね。学校っていう世界……。人生の中の、特別な時間。でも、この時間が特別だってことが分るのは、後になって、取り戻せないと気付いたときなんだわ」

『校庭に、虹は落ちる』――そして、落ちてしまった後から、あなたの本当の「学校」は始まる。

（平成十六年五月、編集者・評論家）

この作品は平成十四年八月新潮社より刊行された。

赤川次郎著　女社長に乾杯！（上・下）

地味で無口なお茶くみ係が、一夜にして華麗な女社長に大変身！　即製キャリア・ウーマン伸子の活躍を描く笑殺ラブ・ミステリー。

赤川次郎著　真実の瞬間

父の突然の告白で明らかにされた20年前の殺人……。父に何があったのか、そして家族は父をどうするのか。衝撃のサスペンス長編！

赤川次郎著　死者におくる入院案内

検死の依頼に来た殺人事件の被害者、私だけが知っている殺人者の気配……。外科から法医学教室まで巧みなメスさばきのサスペンス。

赤川次郎著　砂のお城の王女たち

大人はわかっていない、僕らがこんなに凄いってことを……。大人の世界への恐るべき小さな侵入者たちを描くミステリアスなドラマ。

赤川次郎著　勝手にしゃべる女

叔母の薦める見合の相手。その人はなぜかいつも日曜日の夜九時ちょうどに、叔母の家にやってくるという……。奇抜な展開の26編。

赤川次郎著　子子家庭は危機一髪

両親が同じ日に家出!?　泥棒に狙われたり刑事に尾行されたりで、姉弟二人の〝子子家庭〟は今日も大忙し！　小学生主婦律子が大活躍。

赤川次郎著
いつもの寄り道
出張先とは違う場所で、女性同伴で発見された夫の焼死体。事件の背後に隠された謎を追い、陽気な未亡人加奈子の冒険が始まった。

赤川次郎著
ふたり
交通事故で死んだはずの姉の声が、突然、頭の中に聞こえてきた時から、千津子と実加、二人の姉妹の奇妙な共同生活が始まった……。

赤川次郎著
半分の過去
主婦の祐子が逃亡犯夫婦の手助けをするはめに!? その日から、祐子の慌ただしい日々が始まった。爽やかなユーモアでつづる長編。

赤川次郎著
密告の正午
軽い気持ちで引き受けた仕事のために、友情も恋愛も裏切ることになってしまった女子大生・亜希。彼女が最後に手にしたものは……。

赤川次郎著
別れ、のち晴れ
離婚四年目の元夫婦。それぞれ難題を抱えるが、男と女のプライドが邪魔して相談もできない。でも本音は「またやり直せたら……」

赤川次郎著
遅刻して来た幽霊
新入社員の男とその上司がたて続けに自殺した。はたして祟りは本当にあるのか？ 謎が謎を呼ぶ怪事件の真相にＯＬコンビが挑む！

赤川次郎著

幽霊屋敷の電話番

一家心中があった屋敷で、壊れた電話が鳴り出した。受話器をとると女の声が！　電話が引き起こす不思議な事件を描いた作品集。

赤川次郎著

うつむいた人形

女子大生・倉本千明のアルバイトは「壊し屋」と呼ばれるスキャンダル仕掛け人だった。しかし逆に自分が狙われるようになって……。

赤川次郎著

ミス

酔った勢いで応募したミス・コンテスト。写真選考を通ったのは嬉しいけれど……わたし、実は「ミセス」なんです！　ユーモア長編。

赤川次郎著

めざめ

留守中に両親を惨殺され、心に深い傷を負った少女・美沙。六年後、彼女の前に現れたのは意外な人物だった……。文庫書き下ろし！

赤川次郎著

君を送る

信頼していた部長が突然クビに？　しかも送別会すらやらないなんて！　気弱な男たちを尻目に深雪は一人、行動を起こしたが……。

赤川次郎著

死と乙女

死のうとしている男を助けるべきか、それとも……。ある選択を境に二つの道に別れた人生が「同時進行」する物語。その結末は？

赤川次郎ほか著
ミステリー大全集
赤川次郎、佐野洋、栗本薫、森村誠一ら13人の人気作家が趣向をこらした13編に、各作家のプロフィールを加えたミステリー決定版！

赤川次郎ほか著
七つの危険な真実
愛と憎しみ。罪と赦し。当代の人気ミステリ作家七人が「心の転機」を描き出す。赤川次郎の書下ろしを含むオリジナル・アンソロジー。

天童荒太著
幻世《まぼろよ》の祈《いの》り
家族狩り 第一部
高校教師・巣藤浚介、馬見原光毅警部補、児童心理に携わる氷崎游子。三つの生が交錯したとき、哀しき惨劇に続く階段が姿を現わす。

天童荒太著
遭難者の夢
家族狩り 第二部
麻生一家の事件を追う刑事に届いた報せ。自らの手で家庭を壊したあの男が、再び野に放たれたのだ。過去と現在が火花散らす第二幕。

天童荒太著
贈られた手
家族狩り 第三部
発言ひとつで自宅謹慎を命じられる教師。殺人の捜査より娘と話すことが苦手な刑事。決して器用には生きられぬ人々を描く、第三部。

天童荒太著
巡礼者たち
家族狩り 第四部
前夫の暴力に怯える綾女。人生を見失いかけた佐和子。父親と逃避行を続ける玲子。女たちは夜空に何を祈るのか。哀切と緊迫の第四弾。

乃南アサ著　ヴァンサンカンまでに

社内不倫と社内恋愛の同時進行――OLの翠は欲張った幸せを掴んだが、満たされない。本当の愛に気付くまでの、ちょっと切ない物語。

乃南アサ著　結婚詐欺師（上・下）

偶然かかわった結婚詐欺の捜査で、刑事の阿久津は昔の恋人が被害者だったことを知る。大胆な手口と揺れる女心を描くサスペンス！

乃南アサ著　鎖（上・下）

占い師夫婦殺害の裏に潜む現金奪取の巧妙な罠。その捜査中に音道貴子刑事が突然、犯人らに拉致された！　傑作『凍える牙』の続編。

乃南アサ著　パラダイス・サーティー（上・下）

平凡なOL栗子とレズビアンの菜摘。それぞれに理想の〝恋人〟が現われたが、その恋はとんでもない結末に…。痛快ラブ・サスペンス。

乃南アサ著　涙（上・下）

東京五輪直前、結婚間近の刑事が殺人事件に巻込まれ失踪した。行方を追う婚約者が知った慟哭の真実。一途な愛を描くミステリー！

乃南アサ著　ボクの町

ふられた彼女を見返してやるため、警察官になりました！　短気でドジな見習い巡査の真っ当な成長を描く、爆笑ポリス・コメディ。

宮部みゆき著

堪忍箱

蓋を開けると災いが降りかかるという箱に、心ざわめかせ、呑み込まれていく人々——。人生の苦さ、切なさが沁みる時代小説八篇。

宮部みゆき著

平成お徒歩《かち》日記

あるときは、赤穂浪士のたどった道。またあるときは箱根越え、お伊勢参りに引廻し、島流し。さあ、ミヤベと一緒にお江戸を歩こう！

宮部みゆき著

初ものがたり

鰹、白魚、柿、桜……。江戸の四季を彩る「初もの」がらみの謎また謎。さあ事件だ、われらが茂七親分——。連作時代ミステリー。

宮部みゆき著

幻色江戸ごよみ

江戸の市井を生きる人びとの哀歓と、巷の怪異を四季の移り変わりと共にたどる。〝時代小説作家〟宮部みゆきが新境地を開いた12編。

宮部みゆき著

火車

山本周五郎賞受賞

休職中の刑事、本間は遠縁の男性に頼まれ、失踪した婚約者の行方を捜すことに。だが女性の意外な正体が次第に明らかとなり……。

宮部みゆき著

淋しい狩人

東京下町にある古書店、田辺書店を舞台に繰り広げられる様々な事件。店主のイワさんと孫の稔が謎を解いていく。連作短編集。

恩田 陸著

球形の季節

奇妙な噂が広まり、金平糖のおまじないが流行り、女子高生が消えた。いま確かに何かが大きく変わろうとしていた。学園モダンホラー。

恩田 陸著

六番目の小夜子

ツムラサヨコ。奇妙なゲームが受け継がれる高校に、謎めいた生徒が転校してきた。青春のきらめきを放つ、伝説のモダン・ホラー。

恩田 陸著

不安な童話

遠い昔、海辺で起きた惨劇。私を襲う他人の記憶は、果たして殺された彼女のものなのか。知らなければよかった現実、新たな悲劇。

恩田 陸著

ライオンハート

17世紀のロンドン、19世紀のシェルブール、20世紀のパナマ、フロリダ……。時空を越えて邂逅する男と女。異色のラブストーリー。

有栖川有栖ほか著

大 密 室

緻密な論理で構築された密室という名の魔空間にミステリ界をリードする八人の若手作家と一人の評論家が挑む。驚愕のアンソロジー。

有栖川有栖著

絶叫城殺人事件

「黒鳥亭」「壺中庵」「月宮殿」「雪華楼」「紅雨荘」「絶叫城」——底知れぬ恐怖を孕んで闇に聳える六つの館に火村とアリスが挑む。

校庭《こうてい》に、虹《にじ》は落《お》ちる

新潮文庫　あ－13－38

平成十六年七月一日発行

著者　赤《あか》川《がわ》次《じ》郎《ろう》

発行者　佐藤隆信

発行所　株式会社　新潮社

郵便番号　一六二－八七一一
東京都新宿区矢来町七一
電話　編集部(〇三)三二六六－五四四〇
　　　読者係(〇三)三二六六－五一一一
http://www.shinchosha.co.jp

価格はカバーに表示してあります。

乱丁・落丁本は、ご面倒ですが小社読者係宛ご送付ください。送料小社負担にてお取替えいたします。

印刷・大日本印刷株式会社　製本・加藤製本株式会社

ISBN4-10-132740-8 C0193